Colecção Literatura de Macau

澳門基金會 FUNDAÇÃO MACAU
中华文学基金会

·散 文·

这些年我发过的誓

李峻一 / 著

作家出版社

澳门文学丛书

总 序

值此“澳门文学丛书”出版之际，我不由想起1997年3月至2013年4月之间，对澳门的几次造访。在这几次访问中，从街边散步到社团座谈，从文化广场到大学讲堂，我遇见的文学创作者和爱好者越来越多，我置身于其中的文学气氛越来越浓，我被问及的各种各样的问题，也越来越集中于澳门文学的建设上来。这让我强烈地感觉到：澳门文学正在走向自觉，一个澳门人自己的文学时代即将到来。

事实确乎如此。包括诗歌、小说、散文、评论在内的“澳门文学丛书”，经过广泛征集、精心筛选，已颇具规模。这一批数量可观的文本，是文学对当代澳门的真情观照，是老中青三代写作人奋力开拓并自我证明的丰硕成果。由此，我们欣喜地发现，一块与澳门人语言、生命和精神紧密结合的文学高地，正一步一步地隆起。

在澳门，有一群为数不少的写作人，他们不慕荣利，不怕寂寞，在沉重的工作和生活的双重压力下，心甘情愿地挤出时间来，从事文学书写。这种纯业余的写作方式，完全是出于一种兴趣，一种热爱，一种诗意追求的精神需要。惟其如此，他们的笔触是自由的，体现着一种充分的主体性；他们的喜怒哀乐，他们对于社会人生和自身命运的思考，也是恳切的，流淌着一种发自肺腑的真诚。澳门众多的写作人，就这样从语言与生活的密切关联里，坚守着文学，坚持文学书写，使文学的重要性在心灵深处保持不变，使澳门文学的亮丽风景得以形成，从而表现了澳门人的自尊和自爱，真是弥足珍贵。这情形呼应着一个令人振奋的现实：在物欲喧嚣、拜金主义盛行的当下，在视听信息量极大的网络、多媒体面前，学问、智慧、理念、心胸、情操与文学的全部内涵，并没有被取代，即便是在博彩业特别兴旺发达的澳门小城。

文学是一个民族的精神花朵，一个民族的精神史；文学是一个民族的品位和素质，一个民族的乃至影响世界的智慧和胸襟。我们写作人要敢于看不起那些空心化、浅薄化、碎片化、一味搞笑、肆意恶搞、咋咋呼呼迎合起哄的所谓“作品”。在我们的心目中，应该有屈原、司马迁、陶渊明、李白、杜甫、王维、苏轼、辛弃疾、陆游、关汉卿、王实甫、汤显祖、曹雪芹、蒲松龄；应该有莎士比亚、歌德、雨果、巴尔扎克、普希金、托尔斯泰、陀思妥耶夫斯基、罗曼·罗兰、马尔克斯、艾略特、卡夫卡、乔伊斯、福克纳……他们才是我们写作人努力学习，并奋力追赶和超越的标杆。澳门文学成长的过程中，正不断地透露出这种勇气和追求，这让我对她的健康发展，充满了美好的期待。

毋庸讳言，澳门文学或许还存在着这样那样的不足，甚至或许还显得有些稚嫩，但正如鲁迅所说，幼稚并不可怕，不腐败就好。澳门的朋友——尤其年轻的朋友要沉得住气，静下心来，默默耕耘，日将月就，在持续的辛劳付出中，去实现走向世界的过程。从“澳门文学丛书”看，澳门文学生态状况优良，写作群体年龄层次均衡，各种文学样式齐头并进，各种风格流派不囿于一，传统性、开放性、本土性、杂糅性，将古今、中西、雅俗兼容并蓄，呈现出一种丰富多彩而又色彩各异的“鸡尾酒”式的文学景象，这在中华民族文学画卷中颇具代表性，是有特色、有生命力、可持续发展的文学。

这套作家出版社版的文学丛书，体现着一种对澳门文学的尊重、珍视和爱护，必将极大地鼓舞和推动澳门文学的发展。就小城而言，这是她回归祖国之后，文学收获的第一次较全面的总结和较集中的展示；从全国来看，这又是一个观赏的橱窗，内地写作人和读者可由此了解、认识澳门文学，澳门写作人也可以在更广远的时空里，听取物议，汲取营养，提高自信力和创造力。真应该感谢“澳门文学丛书”的策划者、编辑者和出版者，他们为澳门文学乃至中国文学建设，做了一件十分有意义的事。

是为序。

2014.6.6

目 录
CONTENTS

幽默是种 Panadol

考起爸爸的幼儿问题 · 003
关于中年的十个比喻 · 005
打落水狗感觉太美妙 · 007
图书馆与图胜馆 · 009
人生胜利组计分表 · 011
爱上一个人的九个比喻 · 013
这些年我发过的誓 · 015
给儿子的世界生存指南 · 017
未来新闻 · 021
无用的人类 · 023
港女是如何练成的？ · 025
野孩子的快乐烟花 · 027
逐渐消失的五样事物 · 030
抖音与小红书的威力 · 032
新年第一枪 · 034
撒娇的女人最好命？ · 036

趣谈红包 · 038
人口老化 vs 年生贵子 · 040

白羊座的生存之道

假如“逆境”是个拳击手 · 045
城市大学校歌创作谈 · 047
我的斜杠人生 · 050
谈创作的真实与想象 · 053
一日廿四小时要如何分配？ · 055
中佬的平凡一天 · 057
中年男健身记 · 059
2023 的三袋垃圾 · 061
人生的追求 · 063
你有你的人生 · 065
你的回忆不是我的 · 067
你的样子如何，你的日子也必如何 · 069
你的脸书为何没人看？ · 071
你愿意捐身家吗？ · 073
分手的礼貌 · 075
天分与毅力哪个重要？ · 077
夹饼的味道 · 079
好监制、蠢监制、贱监制 · 081
如何令生活变得有趣？ · 083
如何当一日内地节目嘉宾？ · 085
完骚后忧郁症 · 087
恐怖情人 · 089

爱你还是害你？·091
打机是否浪掷光阴？·093
乐手必备的三种天赋·095
活下去，就总会有好事发生·096
演讲的艺术·098
炒股血泪史·100
听讲座的礼貌·103
胃痛教懂我的事·105
脸书上的礼貌·107
行衰运的时候·109
复合型人的工作生涯·111
设计师是否一定挨穷？·113
说话的艺术·115
资产还是负债？·117
这么近、那么远·119
雨天的回忆·121
灵感消失的一天·123
香港印象·125

一生在旅行

一个人旅行的好与坏·131
三个大叔去大阪·133
上海人的尊严·136
南京的“先锋书店”·138
喜欢台湾的二十个理由·140
四个中佬游鹿儿岛·142

在奥克兰海滩过圣诞 · 145
奇怪的食物 · 147
怀念越南牛肉粉 · 149
文创如何改造台北老街？ · 151
日本便利店的魔力 · 154
昆明之旅 · 156
杭州印象 · 159
没有一只兔子能活着离开成都 · 161
异乡的中国人 · 165
请做一个好旅客 · 167
赤子 · 169
长途机的解闷方法 · 171
首尔之旅 · 173
驾驶的乐趣 · 176

文青游乐场

《倒转地球》的启示 · 181
“嗰条女”不简单 · 182
《照顾者》舞台剧创作谈 · 183
《双层公寓》中镜头下的恋爱 · 186
《双层公寓》节目的残酷本质 · 187
不变的周杰伦 · 188
久违的生猛日剧《全裸监督》· 189
也谈谈微辣 · 190
人生复本 · 192
动画经典《进击的巨人》· 193

反扑的小丑・194
召唤死人的声音・195
“史提芬・金”的噩梦根源・197
坚强大叔的日常・198
女人心、女人歌词・199
少年不识愁滋味？・200
“尚气”与流行文化的威力・202
庙街歌王・204
张无忌的三种结局・206
从《花木兰》到围堵中国・208
从黑洞到叶问・210
悼念配乐大师 Ennio Morricone・211
政治正确的 *Green Book*（《绿簿奇缘》）・212
武侠之死・213
漫画英雄如何称霸全球？・216
由加拿大某间电影院说起・218
男爽片《庆余年》・220
绿帽情歌・221
《莫测高深一女生》・222
谈美剧《真探》・223
谈电影的文化输出・225
豹哥陈蕾・227
韩剧 *Sweet Home*・228
风流总被雨打风吹去・229
“鬼灭”爆红之谜・231
黎小田与卢国沾・232

看不过眼就直说

ChatGPT 如何影响人类？ · 235
Pokemon Go 狂热 · 237
人渣老师 · 239
俄乌战争的玩家与棋子 · 241
傅园慧的答案 · 243
别浪费艺术人才（highlight）· 245
徐晓冬 vs 中国功夫 · 247
从同性恋婚姻合法化说起 · 249
从特朗普 Twitter 账号被封说起 · 252
爱情的复仇 · 254
打人与被打 · 256
教育制度与马拉松 · 258
智慧都市与泊车机 · 260
本地人与外劳的矛盾与共存 · 262
歧视是人类天性 · 264
浅谈《英雄：大屠杀、自杀与现代人精神困境》· 266
澳门一夜 · 268
澳门如何发展旅游新地标？ · 270
澳门校园快乐指数 · 272
澳门音乐为何冲不出澳门？ · 274
病人的情绪 · 275
网络上的阴谋论 · 277
谈校园霸凌 · 279
论澳门与内地人的工作态度 · 281
警察形象大变身 · 283
贫穷女孩的垃圾餐单 · 285

赛车印象 · 287
躺平的神童 · 289
运动员不欠你什么 · 291
关于少年自杀事件，我想对你们说 · 293
除了赌，澳门有什么可介绍给游客？ · 295

生不带来死不带走

再见老友 · 299
得闲约食饭 · 301
心灵的健康 · 303
我的母亲黄医生 · 305
残酷的古代战争 · 307
活得丰富了一点 · 309
生日感悟 · 311
生死之间 · 313
金钱与快乐 · 315
鬼神之说 · 317
鼠疫 · 319

后记 · 321

幽默是种 Panadol

考起爸爸的幼儿问题

笔者的儿子今年四岁半，是个典型的“问题儿童”，凡事喜欢追根究底，问题问了一条，又生一条，答之不尽。譬如他问：人为何要呼吸？我答：因为我们的身体需要氧气。他又问：为何身体需要氧气？我再答：因为能帮助我们身体进行新陈代谢。他又再问：为何氧气能帮我们进行新陈代谢？……笔者承认自己才疏学浅，这类问题，他多问两句，我已哑口无言。但要坦承自己不知道答案，又有失父亲之威严。有时唯有即时上网查找答案，幸好还有维基百科，令这做父亲的可挽回一点面子。

但小儿问的某些问题，有些还真的相当刁钻，上网或查书也未必能找到答案，博学的读者们，还请帮忙解答一二：

一、明明非洲草原是黄色和绿色，为何斑马的保护色是黑白色？

二、为何鲸鱼不长细一点？

三、动物冬眠是真睡还是假睡？

四、我们为何饮人奶和牛奶，但不饮猪奶？

五、蚊会不会吸蛇的血？

六、星星和猩猩为何读音一样？

七、为何紧张时会急尿？

八、为何晚上做的梦，到早上就记不起？

九、头大的小孩是否比较聪明？（其实因为他头很大，所

以想证实自己比较聪明，笔者查过书，有些说有关，有些说无关）

十、超能力是否真的存在？

还有些问题，大概全世界也没人知道答案。譬如宇宙中真有外星人吗？可能再过一百年也未必能找到答案。

还有些情况，不是不知道答案，而是不知如何回答。

为何男孩子有菇菇，但女孩子没有？这问题太尴尬，还是再过两年才答他。

为何这世界会有战争？这问题太复杂，也太残酷，还是过两年才回答他。

我、爸爸、妈妈将来可不可以不用死？这答案太令人悲伤，但我还是选择诚实答他，人都是会死的。结果他大哭不已，令我开始怀疑对小孩是否定要坦白，偶尔说点善意的谎言是否较好？

唯一一次他问我一个问题，我可以不经思索、全无虚言地回答，而且对答案百分百肯定。

他问：爸爸，你爱我吗？

我斩钉截铁地答：爱，非常爱。

关于中年的十个比喻

一、中年是一只砧板上的蟹，年轻时明明是打横行，现在却被绑手绑脚，但被宰割放入蒸笼之前，仍奋力伸出利钳，反抗看不见的命运。

二、中年是一条不溜的滑梯，无论笑与泪，饮酒还是高歌，你都无法像年轻时般义无反顾，总是“窒住窒住”、不够顺畅（这是关于中年的比喻，与小便无关），无法尽兴到底。

三、中年是一个用久了的灯泡，还是可以发光发热，但已经不及以前明亮，偶尔还会失灵地一闪一闪，不知什么时候会忽然完全熄灭，而且，你知道自己最灿烂的日子已过去了。

四、中年是一只瞌睡的狮子，外表依然威武吓人，但你对于追捕猎杀麋鹿已失去兴趣，只想在太阳光下睡睡懒觉，你身边那群狮子乸也很清楚，所以都看你不起。

五、中年是一把有点生锈的刀，磨一磨还是能用，而且人老精鬼老灵，藏在笑脸后的那种刀尤其危险，所以中年也是一把古惑的刀。

六、中年是二十一年单一麦芽威士忌，芳香醇厚，但要有点历练的人才懂欣赏，最重要的是适合独饮，中年以后，除了要懂品酒，更要懂得享受孤独。

七、中年是一本年代久远的书，边角有点残缺，页面有点发黄，封套设计也过时了，不过，若然当中有内涵，那还是有价值的，甚至可以价值连城，若连内涵也欠奉，就等着被送进垃圾回收站了。

八、中年是一条走了一半，最终必然通向悬崖的路，死亡是必然，但一路上有蓝天、有鲜花，甚至有果子可以品尝，要懂得尽情欣赏路途上的美好事物，而不要时刻想着什么时候要跌落悬崖。

九、中年是深不见底的沼泽，情绪不容易浮现，而且经过悠长岁月，总藏有几件不可告人的秘密；你怀念昨日自己曾是个清澈的池塘，但从什么时候变肮脏已不记得了。

十、中年是一场跑到半途的马拉松，你口干舌燥，双脚有如绑了铁石，但你听见远处月台有人为你加油打气，所以你还要继续奋力跑下去，输赢也要跑下去。

打落水狗感觉太美妙

数天前在某间新派面店进午餐，店的装修有格调，但面的味道就彻底中伏：汤底死咸，面煮得稀巴烂。当时立时有冲动到脸书打篇二百字长文，宣泄一下不满，但转念一想，现在间间店铺生意锐减，何必踩多一脚？不好吃下次不帮衬就是了。

最近有超市趁消费卡推出，标高货价，被眼利的网民发现，放上社交媒体，立时惹来骂声一片。不少网媒用尽各种嬉笑怒骂手法，令这间向来形象还算讨好的澳门品牌，忽然变成过街老鼠，人人踩上一脚。其实这超市趁势抬价，吃相难看，被骂也是正常。在脸书上人人乐于站在道德高地，为正义也好，为骗“like”也罢，痛打落水狗就是大势所趋，被批斗者背后有什么难言之隐，都不是大家要深究的事。

在网络世界，人人有表达自己的平台，比起过去，现在每个普通人拥有更大权利；食了一碗难吃的面，买了一件贵了的货，我们都能运用手中权柄，唱衰它斗臭它，伸张我们自以为的正义，这种权利只要运用得宜，很多时会有正面效果，多了一个监察媒体，上至政府、下至商人都不敢胡作非为。据说，内地即将建设“未来医院”，除可在网上预约看诊外，病人更可给医生评分（没错，就像买淘宝货一样）。这种评分制度肯定能赶跑许多庸医黑医，这就是现今世代。网上表达自己的微权利，可以集结成巨权利，能推动、能监督、能改革，但偶尔也会流于情绪化和一窝蜂，也能冤枉、能诋毁、能欺凌。现今经常有明星名人因在网上讲错一句话，即时惹来口诛笔伐，仿如犯了十恶不赦之罪，幸运的过了三数天就被遗忘，不好彩的永世不得翻身。多年后网民会回想，某人其实没犯什么大错呀？当年自己写的留言何必这么毒？可能因为那时候风向就是这样，大家都觉得他是错，所以就是错，而且一窝蜂打落水狗，感觉实在太美妙了。

图书馆与图胜馆

笔者爱书，所以对于旧法院要改建成中央图书馆，并不反感，起码比改建成赌场或豪宅好。有人说，澳门地方小，文化水平又低，连仅有几间小书店也养不活，起这么宏伟的图书馆干吗？此言真是差矣，就是因为没文化才要装呀！这道理跟眼小的人戴“大眼仔”，胸平的女生戴“神奇胸围”，道理是一样的。肯装，也是一种努力，值得鼓励。而且新图书馆一落成，肯定能让小城沉积不散的土豪味与铜臭味，给书卷味遮掩几分，澳门大学等高等院校，世界排名连升几级亦未可知也。

既然是中央图书馆，必须具有澳门特色，澳门特色是什么？自然离不开一个“赌”字。澳门以赌闻名，靠赌发达，因此图书馆亦必须具备博彩元素。首先，图书馆中的“书”字，与“输”谐音，相当忌讳。笔者建议改成“图赢馆”或“图胜馆”，才不致坏了彩头。图胜馆理应每日廿四小时开放，全年无休，既方便市民，亦方便游客，皆因澳门酒店房价不菲，吓跑不少钱包羞涩的旅人，以后可好了，穷游客可在书香中入睡，比睡老麦要高雅得多。其次是引入书种亦须具备赌博元素，赌类书籍多多无区，像“百家乐必胜法”之类技术研究著作自不可少，紫微斗数、星相运程等亦是必需。所谓赌，离不开一个“运”字、逃不出一个“命”字，下次赌客来澳，先来中央图胜馆，借阅一本通胜，看看当日是否宜赌博、赌注是大是小等。所谓知识改变命运，就是这个道理。最后必备书种当然是哲学、心灵鸡汤一类，须知十赌九输，试想象：某游客在澳门赌场输光了棺材本，心如死灰，行尸走肉般偶然来到图胜馆，再偶然翻起一本老庄或六祖惠能，忽然顿悟，人生本是大梦，富贵原是一片浮云，输光身家只是小事一件，原本想从高楼一跃而下的念头，亦一扫而空……所以建设图书馆，不只能启迪知识，美化城市，更随时可以救人一命，真是功德无量。

人生胜利组计分表

看日本电视剧和漫画，经常会提到“人生胜利组”，何谓“人生胜利组”？就是在世俗眼中，你是属于胜利组别，事业有成、生活优渥之类。日本稻藏野大学社会科学院早前设计了一个计分表，严格评测你的人生是否成功，以三十五岁或以上男性作为评测对象，以下列选择题计分，所有选项中，选A得二十分，选B得十分，选C就得零分，题目如下：

一、你大学毕业于：

A. 名牌大学　　B. 二、三流大学　　C. 没有读大学

二、你的职业是：

A. 医生 / 律师 / 财经证券公司高层　　B. 教师 / 程式设计员 / 政府中层人员　　C. 低级文员 / 没名气的艺术家或表演者 / 建筑工人

三、你的伴侣（女朋友或妻子）：

A. 漂亮　　B. 一般　　C. 很丑样或根本没有任何伴侣（美丑没标准，笔者估计像黄翠如是属于漂亮，像如花一类是丑样）

四、你拥有的物业是：

A. 豪宅　　B. 小单位　　C. 没有任何物业

五、你驾驶的汽车价码大概是：

A. 三十万或以上　　B. 十五至三十万　　C. 十万以下或没有汽车

此外，女朋友或妻子上围在 35C 以上，加七分，佩戴手表在八万以上，加五分。

计分完毕！分数在八十分或以上者，恭喜你！你人生非常成功，等同于古时候的贵族阶级，是成功的典范，男人羡慕、女人仰慕。

分数在六十至八十分者，有着不过不失的人生，外父外母虽不至于看不起你，但总觉得把女儿嫁给你，是有点委屈。

分数在六十分或以下者，人生极度失败！你从来不参加校庆或旧同学聚会，因为你太失败了，在旧同学中永远是被耻笑的对象。最惨的是，你当年暗恋的女神，手上戴的那只戒指，价值大概是你五年年薪总和，她没耻笑你，因为你在她眼中等同透明。

取得高分者，是否有点沾沾自喜？低分的朋友，又是否暗自神伤？其实都大可不必，因为世上根本没有“稻藏野大学社会科学院”，也没有这样一个评分表，全都是笔者随便乱作的！除了你自己以外，根本没人有资格判断你的人生是成功还是失败。当然，社会上许多浅薄之辈就是爱拿一把尺，用最庸俗的方法去量度你，但这些不相干的人之目光，与你的幸福又有何关系？被归类入“人生胜利组”但生活过得毫不快乐的，比比皆是。更惨的是，原本可以得到幸福，但为了陌生人的评价而勉强自己，做一份体面而不喜欢的工作，娶一个漂亮而不爱的女人……这些才是最大的人生悲剧呢！

爱上一个人的九个比喻

爱上一个人像患感冒，有些病征很严重，高烧不断，但来得快去得快，有些表面上症状轻微，但就是断不了尾，思念是无止尽的好不了的咳嗽。

爱上一个人像撞鬼，你无处可逃，思念化成厉鬼，跑到哪里她都能找到你，午夜无人时更肆无忌惮，镜子、墙角都是她藏身之处，什么都能幻化她的身影，你怀疑跟她有宿世的因果纠缠，不是上一辈她欠了你，就是你曾负过她。

爱上一个人像吸毒，你明知无益，但无法自控，开始时你跟自己说只吸一小口就好，但结果那一小口就让你深陷其中，不能自拔，毒瘾发作时你死去活来，但已丧失理智，为了多尝一口毒，什么丧尽天良的事你也干得出来。

爱上一个人像信教，只要信，不要问，不要问："是不是真的？""有什么科学根据？""有没有永远？"太多问题只会破坏幸福感，门徒只要相信最终能上天堂就好。

爱上一个人像买股票，买的时候当然相信自己能赚，直到其股价跌至新低，该公司已负债累累，你还是不舍得斩缆，不是因为爱太深，而是已经付出太多。

爱上一个人像搬新屋，感情像家俬一样，一件又一件从旧居搬进新居，有些旧记忆会弃掉，新记忆会进来，直至有天你觉得搬屋太麻烦，可能就会选择同一间屋住到老死为止，这间屋有个名称，叫"婚姻"。

爱上一个人像旅行，有些人天生不爱旅行，觉得舟车劳顿，花钱花精神，也有些人一生只旅行几次，不幸者每次都是“bad trip”，也有人一生旅行不停，一年三百六十五日都在飞，他们有另一个名字，叫“冇脚的雀仔”。

爱上一个人像烹调，厨艺高超、肯花心思者当然占优势，但也绝非一定成功，譬如她喜欢的是法国菜，你煮的却是“宫保鸡丁”，那就不过是对牛弹琴，花再多力气也枉然。

爱上一个人像写专栏，有字数限定，不管你想不想停，篇幅够了就要收笔，否则由编辑删你内容，你只会更痛苦。

这些年我发过的誓

我很自豪自己是一个有毅力、有耐性、有恒心的人，发誓要做的事便绝不放弃，对于我这种坚忍不拔、意志过人的个性，家人与朋友都了解甚深，种种事迹我以往从不向人炫耀，但为了向广大读者输出正能量，以下且说说这些年我一直成功守住承诺并持之以恒的事，也是为了向年轻一代树立良好榜样。

一、六年前我成功戒烟，之后一直没买过一包烟（只是偶尔在派对中硬抢别人一根烟来抽）。

二、我曾承诺要多为家人下厨，我做到了！从一年煮一次变成每半年煮一次。

三、我持之以恒地每晚为儿子讲故事及督促其学习，当然，前提是我要在家，还好我一周大概只有四晚不在家。

四、作为一个中年男人，坚持每日做运动很重要，所以我瘫坐在沙发看电视时，会经常转换坐姿，如此运动腿及臀部肌肉，运动量其实相当大，但我从不怕辛苦。

五、我从小开始有阅读的良好习惯，坚持至今，即使公事繁忙，依然每日到 IG 及 FB 进行阅读，当中尤以纯图片为主，因此对于朋友圈的八卦新闻了如指掌，知识每日都大有长进。

六、年初我发誓要节俭不乱花钱，我确实减少了到商场消费……不过增加了到网上购物。

七、我曾承诺要少吃肉、多吃植物，我做到了，每日多喝了两杯咖啡（咖啡豆无疑也是植物）。

八、我坚持早睡早起，就像昨天我早上五点就去睡，确实是“早睡”。

九、听说“公仔面”对身体很有害，我戒掉了，现在只吃出前一丁和合味道，身体都健康了。

十、自 2015 年开始应澳日副刊主编邀请，每两周写一次专栏，我发过誓要写得认认真真，尤其澳日大部分读者都是正正经经的读书人，因此我经常自我警惕不要写一些无厘头、不正经的曲线文，要发放正能量、导人向善等，我做到了。希望各位读者多向我学习，终有一天能达到我的高度，谢谢。

给儿子的世界生存指南

儿子，这篇文章是特别为你写的，世界日益险恶，生活越发艰难，估计你长大成人后，情况会更加严峻，为了避免你将来饿死，或一家大小一同饿死，我有义务尽早告诉你，在这残酷世界生存的基本法则。什么？你问我为何不用讲的而用写的？皆因如此为父就有稿可交，有稿费可赚，粤语中这叫“一鸡两味”，也是其中一种生存小技巧……言归正传，如何在残酷世界中生存，甚至生活得有滋有味？当中有几个重点必须切记：

一、别盲目乐观

不是叫你悲观，而是别盲目乐观，何谓“盲目乐观”？就是毫无理据地相信，事情会朝着你所希望的美好方向发展。为父有位好友，以高价位买入地产股（现时已跌至只剩五分之一），问他有何买入的理由，他回答：“我觉得后市会升！”“我觉得”这三字，非常危险！是许多人倾家荡产的原因，“我觉得开咖啡室一定赚！”“我觉得 Annie 会永远爱我！”“我觉得”，其实就是直觉或幻觉，或思觉失调。所以，当未来有人找你合伙做生意，开口首三字是“我觉得”，你要立即离开，再见不用说，头也不用回。因为跟盲目乐观的人合作，前景会很不乐观。曾经，很多人也以为澳门会永远安定繁荣的。

二、别高估他人的善意

儿子，终你一生，除了父母会无条件爱你，其他真心待你好的，也许不会超过五只手指，所以做人不要太傻太天真。小绵羊想跟鳄鱼握握手做朋友，结果就是被吃掉手手。大自然跟社会一样残酷，股市中的羊牯也如此被大鳄吞掉半生积蓄。曾经有位不太熟的朋友，向我推介他的传销业务，还记得他当日说："这几年我在这行业已赚了不少，好朋友！我希望你也能像我一样，赚取丰厚利润，早日获得财务自由！"说时还紧握我手，把为父感动得热泪盈眶。不过由于对传销不熟，我最终并没参与，而这位老朋友没多久也卷入一宗诈骗案，名字还登上了社会版。

三、要坚持，但更要懂得离场

儿子呀，老师教你，坚持就能达成梦想。老师没教你的是，坚持也能让你倾家荡产、一无所有。要达成梦想，首要三个条件；实力、坚持和运气。坚持只是其中一项罢了。先谈实力；身高只有五英尺五的人无法打NBA，五音不全的人不能做歌手，味觉缺失的人很难做厨师……诸如此类，有些事受先天所限，万般皆是命，半点不由人，不是坚持就能弥补，不是蛮干就可胜利。现实世界不同少年漫画，有自知之明，也是实力的一种。另一样是运气，个人运气一时不滞，还可以等可以守，但时势却很难对抗。当你有实力，也坚持过、努力过，绞尽了脑汁，但时势还是不肯站在你那边，懂得离场，也是种智慧和勇气。同样道理，也能套用在感情上，爱上了不对的人，再坚持也没好结果，只会留下伤痕累累，不论精神或肉体上。

四、钱不可赚尽

老爸看过一部港漫改编的电影叫《风云》，里面有一句台词:“势不可去尽，话不可说尽，福不可享尽，规则不可行尽。凡事太尽，缘分势必早尽。”这几句话，要人生有些阅历才能参透。就以赚钱为例，钱不可赚尽，若然你赚了十元，但只留两元给辛辛苦苦为你工作的人，别人会心服吗？会长久地任你剥削吗？锱铢必较、分斤掰两的人，一般都比较短视，他们可能会胜利一时，却赢不了一世。若然你无所不用其极地压低产品成本，再卖一件次货给顾客，短期的毛利虽高，却不会再有下一次交易。所以，钱不可赚尽。所谓领导力有百项千项，但论最重要的一样，不外乎就是“分钱”。钱要如何分，才能令每一方都满意，而不单单是你自己满意？这是一件说易行难的事，但对人慷慨一点，多做利他的事，账面上而言，你可能是赚少了，但长远来说回报更多。凡事要看长线，尤其到你那个时代，寿命应该会长得很呢！

五、免费的东西最昂贵

现今很多手机游戏都属免费下载，若你贪图小便宜，游戏商便会千方百计，从你口袋里捞干每分每毫；升级要付费，买武器要付费，买角色也要付费，不氪金就赢不了，许多玩家就此失去理智，付费天文数字。归根究底，世上没有人会免费卖一件东西给你，除非那人正在练仙，喜欢吃西北风，否则表面免费的事物，往往要付上最昂贵的代价。这个理论，除了购物，也可套用到政治、爱情、健康，或任何事物之上。便宜莫贪，儿子切记。

六、不是尽力，是一定要做到

这句是台湾作家九把刀说的，“我尽力了”是你的口头禅，这话没错，能自我安慰，也可寻求别人原谅。但记着，这残酷世界，其实并不理会你有没有尽力。轻而易举地赢，依然是赢；夙兴夜寐而输，仍然是输。而且尽力两字，颇为含糊，做到什么程度才是“尽”？因人而异。你所认为的尽力，在其他人而言可能只是热身。人的一生中，总有某一刻、某件事，是非赢不可，正所谓“不成功，便成仁”，差别就是天堂与地狱，不是一句“我尽力了”就可轻易带过。当年幸好同盟国赢了第二次世界大战，否则某些民族便就此消失了，丘吉尔说一千次“我尽力了”也没用呢！

七、不信神，也要相信业力

你可以不信神，但要相信“业力”。所谓业力其实与宗教无关，比较接近科学，跟“重力”“反作用力”一样客观存在。何谓“业力”？简单而言就是种瓜得瓜，种善因得善果。老爸过去做过某些好人好事，这些“善因”，若干年后却以某种奇怪但美好的方式回报了我，反之我也曾因做过坏事而得恶果。所以，要做个好人，不单是为这个社会，而是为了你自己。做一个善良、慷慨的人，你未来的路会行得更顺遂如意。

儿子，要在乱世生存，要注意的事还有很多，但老爸时间有限，而且路是你自己的，还有什么生存指南，就由你自己亲手去写吧！

未来新闻

数天前有新闻一则，是关于日本保险业巨头富国生命保险将任用 IBM 人工智能，取代三十四个理赔部职位，占部门近三成人力。早前牛津大学亦预测，在未来二十年，美国将有 47% 的工作岗位或被电脑取代……这种过去只出现于科幻小说或电影的桥段，正化为现实。人工智能、机械人不但威胁到蓝领阶层的职位，专业人士如医生、会计师、律师等工种亦正备受挑战。机械人、人工智能比人类更有效率、更廉价，而且不受情绪影响，不会忽然爆粗闹老细，然后劈炮唔捞。大概二十年之后，人工智能或机械员工将大行其道，许多有关他们的匪夷所思的新闻，亦将一一出现。以下例子纯属幻想，但也并非绝无可能：

“自山顶医院引入一百位人工智能医生后，据闻服务素质大有提升，判错症、开错药之情况大为减少。西医工会昨天于《澳门日报》买下头版广告，控诉政府此举对医生生计影响甚大，现时已有不少私家诊所倒闭结业，镜湖医院最近亦有约八十名驻院医生被解雇……”

“昨日本澳最后一部真人驾驶计程车，宣布退役。驾驶者为六十岁之孙先生，慨叹真人驾驶计程车，难以与人工智能计程车竞争，并缅怀当年内地客大举来澳，随意兜客及滥收车资之风光日子。退役之计程车即将于澳门汽车博物馆展出……”

“昨天有团体发起七一游行，并发生警民冲突，一名女示威者投诉被警员胸袭，但由于被指控之警员为机械人，法庭认为该名警员并无犯案动机，因此对案件不受理……”

“昨晚氹仔区某赌场，有赌客由于输钱，愤而将咖啡泼向派牌机械人，因而导致漏电情况。事件中该名赌客手臂被严重电伤，需进行截肢手术。赌客控告赌场因管理不善导致其严重受伤，赌场方面反向该赌客追讨一百万元之机械人维修费用……”

“日本有团体发起集会游行，要求人类与机械人婚姻合法化。集会发起人渡边先生表示，自己与其仿真机械伴侣久美子真心相爱，希望社会对他们之爱恋予以认同。有集会者表示，与机械人恋爱，比与真人恋爱更为顺利。但亦有团体表示反对，认为法庭判决人与机械人婚姻合法化是有违人伦道德，并将进一步推低日本之出生率……”

无用的人类

最近拜读著名人文历史学家哈拉瑞的新作《21 世纪的 21 堂课》，当中一章提到人工智能（AI）将对未来社会造成剧烈冲击：人工智能、演算法或机械人将大规模取替人类工作，不只技术含量较低的工种，就连会计师、医生等都会全方位被取代，人类对上 AI，有胜利的希望吗？恐怕没有。AI 有两种能力是人类无法匹比的，第一是“可链接”，第二是“可更新”，有“可链接”的能力，意味一个 AI 医生接收到最新医学资讯，就等于所有 AI 医生都能接收到，而“可更新”的能力则表示 AI 能一代比一代更先进、更聪明，人类大脑不管如何进化，也拍马难追。当然，撇除以后“无得捞”的恐惧，以乐观角度去思考，若由机械人代替人类从事下列工作，不少社会问题都能迎刃而解：

一、人工智能急诊医生

快速判断病患状况，大大缩短急诊室轮候时间，诊病准确率高达九成以上，而且廿四小时工作不知疲倦，遇到突发情况亦不会恐慌。当然，也不会为任何病人流一滴眼泪。

二、全自动黑的司机

不滥收车资、不兜路、不用粗言问候客人，更不会锁门禁锢搭客，遇到哪条道路出现阻塞，汽车连接系统立时了解并作出快速应变，安全而有效率。

三、机械人荷官

派牌快捷、算钱准确，遇到牌品不好的客人一杯热茶泼过来，亦毫无怨言（甚至程式可设计被泼茶后要说多谢），十号风球照样开工，超级员工，老板至爱。

四、全职机械女朋友（或男友）

不嫌你穷、不嫌你丑，不要求买名牌包包，有楼没楼一样高潮（当然是由电脑程式设计），不要求你陪吃（兼买单）又贵又生勾勾的鱼生，样貌身材任君选择，而且，厌倦了可替换新的。遗憾是没法生育下一代，不过反正下一代也没有工作可做，来到人世也只会制造更多社会问题，还是不要生好了。

港女是如何练成的？

不知从什么时候开始，“港女”竟变成了贬义词，经常听到有人骂某某很“港女”，但似乎从没听过有人骂谁很“台妹”或很“澳女”。到底何谓港女？大抵比分辨谁是真香港人更困难，若要勉强下个定义，大概就是崇洋、物质主义、对人颐指气使等。但是否所有香港女性都具有以上特质？当然不是，起码笔者所认识的大部分香港女性都礼貌和善、大方亲切。其实不分地域、不论男女也有人具备以上缺点。不过，话分两头，若仔细观察近年不少人气新闻，确发现有一小部分的香港女士，个性并不那么讨喜：

案例 1：时装店 A&F 开幕，聘请不少穿红色短裤之男模造势，结果吸引大批女士到场拍照，疯狂触摸并拥抱一众半裸猛男。

案例 2：《香港经济日报》报道，某八零后女孩为满足虚荣心，向财务公司借款三十万元办五星级婚礼。

案例 3：一名香港女子于街头连番掌掴其跪地男友十四次，事件被网友上载至 YouTube，女子其后被网民起底，并被警方拘捕。

类似以上之事例，不胜枚举，与其说是人的问题，不如说是城市的问题。先谈崇洋，香港既曾是英国殖民地，也是国际大都会，中英文化汇聚，香港人英语水平普遍较邻近地区为佳，对西方文化也更为崇慕。其实崇洋之心，华人皆有之，只是香港人表现得更为赤裸裸而已。至于物质主义、爱财拜金，其实不正是香港真正的“核心价值”之一吗？正是这种不顾一切追求金钱与物质的精神，才造就了香港数十年的繁荣兴盛。又若谈到港女的颐指气使，得势不饶人，其实同样是社会风气造成。香港文化向来标榜寸土必争，寸步不让，据理时要力争，无理时也要争到底。公司请的员工如此强势，自然是幸事，得女友这般强悍，却可能是不幸。所有事情也有正反两面，一切优点转个角度来看，便是缺点。香港无论是人抑或城市本身，皆个性鲜明，弹丸之地，孕育了无数精英，但生活艰难，许多港女之所以面目狰狞，大概都是为世所逼，倒也不忍深责。

野孩子的快乐烟花

关于农历新年，最深刻的回忆，就是幼年到中山度岁。其实80年代初返内地，不像今天简单便捷，过关前先要走过一条漫长通道，查证与安检起码两个小时，到达治安不靖的拱北口岸后，还要背着大包小包奶粉饼干，搭乘那颠簸摇晃的岐关车……不过在幼童眼中，这统统都是冒险的一部分，是通往快乐新年的必经过程，对那时的我而言，新年最重要的事物不过两样：琛表哥和烟花。

中山是母亲故乡，姨父姨母一家长住当地。琛表哥由于跟我只相差两岁，所以特别投缘。他是个胆大包天的人，当年的所作所为，足以令现今每个母亲心脏停顿：据闻他有次到山上乱跑，见树枝上有条青蛇，居然就徒手捉起拿回家，说要送给外公浸酒；又有次琛表哥与同学到池塘游泳，半小时后众人发觉不见他的踪影，大惊下返回告知家长，姨母气急败坏地正准备出门寻人，他却施施然回到家中，原来琛表哥之前一口气游到了池塘对面，同学们才找他不着……有关琛表哥的种种“奇闻”，对当年的我而言，仿如英雄传说。我经常像个小跟班，带着崇拜的眼神黏在他身后，他到哪儿我就到哪儿，他玩什么我便玩什么，而玩得最过瘾的，就是爆竹和烟花。我所指的并非放上千尺高空、绚丽灿烂那种，而是十多元一盒，当玩具的小型烟花，种类五花百门，有旋转类、升空类、旋转升空类、吐珠类等，各有各的特色。而我们从不会正正经经地玩，却自有一套恶搞创意。譬如有种旋转烟花，名字叫“芭蕾舞”，点燃后会在地上不停旋转，那时我们就跑到某座废弃建筑的二楼，每见有人驾自行车经过，就从露台抛一束下去，“芭蕾舞”忽然在车轮旁边疯狂乱舞，把驾驶者吓得大呼小叫，我们就躲起来掩嘴狂笑。又譬如一根小小爆竹，表哥就建议拿到稻田去，插在大饼状的牛粪上，一点燃后立即发足狂奔，跑得稍慢者衣衫和脸上都难免沾上粪便，这游戏甚为刺激，既考身手，亦考胆量，只是回家后又臭又脏，长辈们少不了一顿臭骂。

琛表哥家附近有个独居的中年妇人，每次碰到我们，总是开口就骂。两个顽童终日惹是生非，被讨厌也属正常，但这妇人每日乱骂，实在面目可憎。终于有日趁她外出，琛表哥带着我偷偷爬过她家围栏，发现内里有一片小菜园，种了几百棵白菜，我们就拿爆竹将一棵棵白菜炸掉，半个菜园变得满目疮痍，白菜被炸得七零八落，从坑洞不断冒出白烟。许多年后回想，我们这种行为真是恶劣之极！以现今标准而言算是刑事罪行，想不明白那时何以毫无畏惧，也没想过后果。那个中年妇女，从此我再没遇过，之后有没有找琛表哥麻烦，也是不得而知。

我与琛表哥感情极好，从没什么磨擦，除了有次年初三到他家晚饭，见饭桌上有一碟两天前吃剩的餸菜，我便抱怨不想吃“隔夜餸”。岂知琛表哥听到后大发雷霆，说我娇生惯养，不珍惜食物，他咬牙切齿地骂道：“你从澳门来的便自以为了不起吗？”其实他没骂错我，当年内地还落后，港澳人士回乡探亲难免有份优越感，连我这种小童也不例外，但忽然被骂让我号哭不已，姨母要琛表哥向我赔罪，他当然不肯，于是我哭得更大声了。后来我们如何和好已毫无印象，但小孩不记仇，转眼又一起玩个不亦乐乎。

两个野孩子终日闹事，有次终于玩出祸来。还记得有种烟花叫“龙吐珠”，一般是插在小罐子里，让一颗颗烟火自动喷出。记得那次我提议“斗大胆”，两人轮流把“龙吐珠”握在手中来放，结果其中一支质量欠佳，烟花就在琛表哥手中炸开，当堂血流如注，他以衣服压着伤口与我赶回家。姨母立即带他到医院，缝了不知五针还是六针，琛表哥全程没流过一滴眼泪，也没跟长辈告状是我的提议，还笑说：“幸好受伤的不是你，不然我就惨了。”我惭愧不已，但对琛表哥的崇拜又多了几分，可惜由于出了意外，姨母就不让我们再到处乱玩。后来由于祖母不良于行，我们就不再回中山度岁，琛表哥也渐渐在我人生中淡出。

直到十多年前姨母过世，我才在中山跟他重遇。二十多年不见，他变了个身材瘦削、眼神忧郁的中年人。知道他在中山开了间小小的粮油杂货店后，我暗暗失望，幼年时总觉得琛表哥将来必是个大人物，不是将军，就是黑社会大哥，像他这种天不怕地不怕的人，不该过着平凡的人生，可惜命运就是如此。我抬头望着火葬场徐徐上升的烟，忽然想起当年用爆竹炸了人家半个菜园，白菜旁的坑洞也是这样冒着烟，果然琛表哥就笑问：还记得当年一起炸大白菜吗？我说当然记得，然后两人就不符礼仪地笑了起来。两个中年男人，心有灵犀地在火葬场中，想起了昨日的快乐新年，那段回忆仍偶尔发着微光。

逐渐消失的五样事物

一、CD

别说CD，最近新闻报道MP3都快淘汰了，唱片行早已买少见少，苟延残喘的也早已不只卖CD，变成卖影碟、游戏光碟及其他影音器材，卖唱片只是顺便，CD在年轻人眼中其实跟古董差不多。年少时，当知悉有心仪的歌手要出唱片，是会在放学后飞奔到唱片行的，“飞奔”两字是指实际状况，而非夸张修辞。

二、薄装港漫

第一次看香港薄装漫画，是十四岁那年在针织厂做暑期工，午饭时在下环街路边档租来看的，书名叫《醉拳》。80年代香港漫画曾经非常鼎盛，一周最少有二十本漫画轮流出版，现在硕果仅存的港漫五只手指可以数完。

三、机铺

少年时代笔者不是好学生，课余经常流连机铺。《街霸》、*King of fighters* 是许多七〇、八〇后的集体回忆，“一蚊跟机”“让round”等术语，同年代的人一听便明，继而是感叹：当年呼朋引党、流连忘返的“天福”，现已变成卖日式轻食及文具，连一丁点“坏孩子”的气息都没留下。

四、士多[1]

小时候还没有“OK”“7-11”等光鲜亮丽的便利店，只有士多。士多永远灯光不够，有些还有异味，但我们都在那里买过胶袋装的可乐（那时完全没考虑过卫生问题），可以跟朋友两份分享的冰条，还有不知是什么化学材料制成的“沙嗲”，这些食物很便宜，很平民，比现在便利店售卖的日式食品低档次多了，但那又如何？士多的昏暗、牙齿扭断冰棒中间塑料袋的触感，以及士多店主尖酸刻薄的面容，都是构成我童年时代的一部分，而士多就跟青春一样，消失了就是消失了。

五、清新空气

记得在 5 月份，有数天空气变得非常之差，让笔者咳了足足一个月，不只是我，不少认识的朋友在这两月都有呼吸道问题，或伤风感冒，或咳嗽不止，而这些明显跟空气质量变差有关。CD 没了，我们可以听串流音乐，没了港漫，还有日漫美漫，没了士多，便利店仍在，但清新空气消失了，我们可以拿什么去代替呢？

① 士多：粤语，杂货店 store 的谐音。

抖音与小红书的威力

开关以后，澳门日日人山人海，但跟以往不同，过去旅客大部分只集中在旅游区、博企和著名景点，现在却是分散各处，不管高士德还是黑沙环，稍有名气的茶餐厅，都有大批游客慕名而至，排队排个不亦乐乎。偶然听到某个路过的阿伯嘀咕，怎么旅客都摸到民生区来了？我心想伯伯你真跟不上时代，不知现在流行抖音和小红书，只要点进抖音 App，搜索一下“澳门旅游”四字，即有过百条澳门旅游短片弹出：哪里吃？吃什么？怎么走？介绍得巨细无遗，游客肯花时间钻研一下，可能比我等澳门陀地更“知头知路”。有次到某茶餐厅用膳，听邻座女孩点餐，用半咸淡广东话说：“要衣份银燃烧宏饭，衣杯冻炼水。”我虎躯一震，连“黯销销魂饭”和“冻柠水”也懂，还能用广东话念出，大概又是抖音的伟大教育成果。还有近皇都酒店的“东望洋新街”，以往行人稀少，现在则早午晚都有型男索女打卡。澳门老街与新葡京两者旧与新、正与奇的对比，当然可堪玩味，但没有社交媒体的推波助澜，大概也无法成为景点。

在茶餐厅对着手机镜头喃喃自语，摆心形手势的少男少女，可能是普通人，拍片只为跟朋友炫耀一下，但也可能是网红，坐拥百万粉丝。其实所谓“KOL”，意思就是“Key Opinion Leader”，他们录制几分钟短片，就足以让你生意兴隆，或者关门大吉。早前韩国一名美食 YouTuber 发布短片，批评一间餐厅螃蟹上沾有饭粒，就令该间餐厅生意一落千丈，最后直接宣告倒闭。据传也有店家因拒绝网红的收费要求，最后遭到恶意报复，出品被批评得一文不值。所以老话一句，水能覆舟，亦能载舟。社交媒体直接影响旅游业和饮食业，政府一直想把旅客引流到其他社区，但总是无从入手，现在小红书和抖音做到了。但对一般市民到底是好是坏，就难说得紧了。但潮流大势，确是谁也无法逆转的。

新年第一枪

刚踏入2019年，赌场便发生一宗令人震惊的新闻。根据《澳门日报》及《澳门力报》所报道，事发在1月3日晚，数名内地男子在赌场酒店禁烟区抽烟。一名治安警于劝阻时，被三人推撞及辱骂，治安警使用警棍制止无效，拔枪向天开枪警示。最后涉案人被增援警员制服，被控五项罪名，移送检察院作出起诉……

那几位涉案的内地男子，据闻被捕时一身酒气，估计也应该是刚赌了钱（也很大可能是刚输了钱），换言之，犯人犯案时是处于某种异常状态。在此先声明，我无意为这几名赌客辩护，这几人胆大包天，也明显不是好人，最好法庭能重判兼从此不得踏足澳门一步。不过，为了被劝阻吸烟而袭警？即使以罪犯的标准而言，这行为也未免太愚蠢、太无聊了。但若然精神处于某种反常状态则另当别论，当你刚把毕生的积蓄一小时内输光，还能保持平和冷静才怪呢！有所谓喝酒与赌博，最能看出一个人的真正品格：酒品差，醉后乱吼乱叫、乱打乱摸的，一般EQ低，自控能力弱，得意时易忘形，此类人不能与之共富贵；而赌品差，赌输便泼茶摔牌、又哭又骂的，肯定抗压能力差，失意时便失控，此类人不能与之共患难。而澳门正是个考验人真正品性的地方，能让好人变坏，坏人则变更坏。那几个犯案的赌客，明显EQ低，人品差，再受赌与酒两大刺激，结果做下这种毫无意义的蠢事。忽然觉得，每日面对这些失常赌客之荷官们，做的工作有多艰难，比待在疯人院还要糟。赌场的疯子是永远不知道自己在发疯，发疯时荷官还要继续“以客为尊”呢！警员被打还能控告他们袭警，赌场工作人员被骂被打，就只能吞声忍气了。所以，澳门今日能以赌发达，并不是毫无代价的，其中一样被牺牲太多的，叫“尊严”。澳门人那“樽盐”还剩下多少？且看看法官如何判决此案吧。

撒娇的女人最好命？

最近才有余暇，补看之前没时间看的一堆影碟。其中一套是由彭浩翔导演，周迅、黄晓明、隋棠主演的《撒娇女人最好命》。戏不坏，有些情节颇幽默惹笑，但这些并非本文要讨论的重点。笔者想谈的是，撒娇型的女性是否就真的较受男士欢迎？首先来界定一下电影中所指的“撒娇”，大概有以下特征：

一、说话爱用叠字，如“抱抱”“亲亲”。

二、语音尖锐，犹如日本动画中的声优。

三、动态神韵如托腮、扁嘴也一如日漫中的人物，是否真的 kawaii，则见仁见智。

四、若是台湾女孩，说话句末常以“耶”字收尾。

总结一句，三个字：装可爱。

但一众雄性动物，又是否如电影描述一样，一见此类撒娇女孩便立刻神魂颠倒、魂不守舍，智商亦连带同时急速下降？答案为“是”，也可以为“不是”。首先，男人其实没那么好骗，只要心智稍为成熟，阅历较丰，你是真可爱还是装可爱，大概一眼就可识破。第二，撒娇犹如盐糖一类的调味料，恰到好处能增添风味，放太多就叫人吃不消。第三，不是每个女孩撒娇都能收到相同效果的，人漂亮加点撒娇是如虎添翼，人长得丑再矫揉造作地撒娇，只会让男士们望风而逃……当然，一样米养百样人，人人口味大不同，笔者不敢代表天下男士们发言，但个人则觉得独立自主、自然不造作、心地善良的女孩最可爱。人好，命自然就好了，是否讨男人喜欢，其实不是最重要——都什么时代了？

趣谈红包

笔者结婚已有十年，最初一两年，新年经常忘记要自备红包。某次新年参加朋友的生日派对，到场后才发觉没带红包，见同场不少已婚人士都落落大方地派“利是”，而我则缩在一角，遇到未婚男女则正眼也不敢望他们，尴尬可想而知。唱过生日歌后，笔者赶快落荒而逃。从此吸取教训，新年期间红包较电话及银包更重要，否则被当成“缩骨孤寒”，真是身败名裂。

又有一次，新年期间参加某朋友的豪华婚宴，饮饱食醉回家后才发觉：结婚红包怎么仍在袋中？才知自己又做了傻事，把普通的新年红包当成结婚红包发给新郎新娘了！于是立即致电一对新人，把“人情”重新交回两人手上。幸好发现得早，否则好朋友收我二十元作为结婚贺礼，不知有何感想？是否从此绝交？

几年前，笔者的汽车是泊在另一大厦的停车场内，那大厦管理不善，管理员服务欠佳，“口黑面黑”，但一到新年，立时换了另一副口面，亲切和善地空群而出！平时管理处最多一至二人，新年时却列队欢迎，直逼仪仗队的架势，为了驾一次车出门，无端不见了几百元，跟违泊罚金不遑多让。但新年一过，管理员们又“回复正常”，真是世态炎凉。

又记得二十年前留学之时，到一位长辈家中拜年，老人家没发红包，只写了一副挥春送我，写的是“知足常乐”。老人家也许是幽我一默，要知足，有挥春就很好，别贪什么红包。而奇怪地，因为这副挥春，“知足常乐”四字常留在我心，这也许比什么红包都更有价值吧。

人口老化 vs 年生贵子

每逢新年，许多亲戚便会变身为“警探”和“法官”，向年轻子侄侦查与审问：什么时候结婚？生小孩没有？什么时候生第二个？年轻人备受压力，觉得姨妈姑姐甚讨厌，我生与不生、生几个跟你有何关系？其实呢，确是大大地有关，长辈们并非单纯诸事八卦，下一代的生育问题，真的会直接影响老年人，甚至对全球人口结构，都会造成重大影响。

随着科技发展，以及大众对健康日益重视，人均寿命延长，但反之出生率却年年下降。根据华盛顿大学健康指标评估研究所的研究显示，全球生育率至 2017 年已减至 2.4，即平均每对夫妇生出 2.4 个小孩，而预测到 2100 年将跌至低于 1.7。有人额手称庆，觉得人口减少，环保问题、粮食问题等不就可以解决了吗？事情并非如此简单，当出生率下降，未来的就业人口比率便下降，即意味着税收减少，但照顾长者所需之社会开支却逐年上升，亦即以后每个年轻人，需要直接或间接供养及照顾数个长者（假设他们非常孝顺又具备责任感），这当然会令年轻人生活更困难，从而更不愿意组织家庭及生育下一代，出生率又因此再度下降……大概不用等到第三次世界大战，又或者下一波致命病毒来袭，单单是“唔想生仔”，已足以令人类灭绝了。

而我们这批中年人，二十多年后便将被归入老龄人口，又应如何应对？首先是要储蓄，预计未来揾食更艰难，不奢望下一代会供养自己了，靠人不如靠己，何必成为年轻人的负担。第二是保养身体，身体好就能少看医生，也能多工作几年，不致成为社会的负担。第三就是继续在每个新年，继续诸事八卦，催促年轻人结婚生子，因为那已非个人问题，而是关系到未来人类的存续！遥想当年同样催促我的姨妈姑姐，不禁热泪盈眶，觉得他们真是先见之明、高瞻远瞩。

白羊座的生存之道

假如“逆境”是个拳击手

偶然在电视上，见某名人呼吁大众要保持正面乐观，说逆境很快过去，并相信 2021 年一切回复正常云云。乐观当然好，但当大家刚被裁员或减薪，做老板的公司临近倒闭，面对现实困境，一味叫人乐观其实于事无补。

我向来对“正能量”三字有保留，盲目地相信明天会更好，只能令你暂时感觉良好，但对走出逆境却未必有用。特朗普也很乐观，结果美国疫情却很不乐观。记得曾看过一个拳击手访问，其中一句话令我印象深刻，就是：“想击倒对手，先要准备如何承受重击。”原来在擂台上，最可怕情况就是低估对方，对手的拳力有多重？拳速有多快？经常出左勾还是右直拳？统统要事先作出评估，原来最重要的不是如何出击，而是当拳头袭来时要如何闪避？若然真的躲不过，身体又该如何承受？先作最坏打算，挨打时便不至于惘然失措。同样道理，假如逆境就是擂台上的敌人，不管如何恐惧，也要眼睛一眨也不眨地，狠狠盯着他的一举一动，若下颏即将被重拳击中，也该冷静思考如何卸力避免脱跤，而不是奢望对方留手，或忽然踩蕉皮跌倒。正如我们也别期望除夕钟声一响，新冠肺炎即时消失，经济回复旧观，大家又高高兴兴到处旅游。澳门向来赌业一支独大，一年赌收曾达三千六百亿，我们要有心理准备，这种好日子可能已一去不返了。凡事先作最坏打算，心情反而安然宁定，面对打击反而不易倒下，即使倒下了，也较易重新站起。而另一方面，我们亦要“做最好准备”；做老板的若发现原有经营模式行不通了，就想想如何变阵；打工仔要努力学习新技能，以防一朝失业也尚有其他出路；已失业的就尽量减省开支，为长期奋战作准备，头脑要运转、心绪要冷静，作最坏打算，做最好准备。“逆境”这个敌人虽然力量强大，但只要不被“KO”，论耐力我们是必定赢过他的。

城市大学校歌创作谈

非常荣幸，去年为香港城市大学创作的校歌，上周终于推出，此歌曲由校长郭位担任普通话填词，而我则负责作曲、监制及撰写广东话版歌词。这是一个艰巨的任务，从作品甄选、获选、修改以至正式制作，足足超过一年时间，不同版本接近二十个，乐谱数百张，而新冠疫症蔓延，更大大加重了工作难度。幸好我在中国澳门、香港及葡国，皆有出色的音乐伙伴，才让《学研出尘》一曲顺利诞生。

而最初因何会为香港大专学府，肩负创作校歌的大任？这得从一年多前说起。话说有日与前香港城市大学教授倪孟正博士晚饭，闲谈间他问我可有兴趣为城大创作校歌，原来郭校长曾向他提及此事，我说兴趣当然有，但一来我并非城大毕业生，二来亦非香港人，总觉得成数不高，因此便没将此事放在心上。直至大半年后，倪博士致电说此项目正式启动，但会有其他竞争者，问我可有兴趣创作一首样板（demo）参加竞逐，我当然同意，反正也不花费多少时间。不久之后，校方通知要进行一次视像会议，估计校方听完歌曲后还需要进行面试。我心感不妙，果不其然，校方派出十多人出席，包括管理层及不同学者们。我在视像镜头前，觉得自己仿如行刑队前的犯人。果然在紧接九十分钟之内，学者们就用英语、粤语及普通话，连珠炮发各种问题！由歌词中的文学性，以至作曲、配器及品牌建立等也要一一回答，简直比廿多岁时见工更惊险。幸好我在危急关头思维反而越清晰，校方问题也逐一解答，履险如夷，直到其中一位学者问：“你的样本偏向古典乐曲风，如果改为流行曲风格，爵士鼓编排上请问会如何处理？”我顿时语塞，脑袋一片空白，但仍强作镇定，笑着回答：“这个不难处理，但用口讲不易明白，稍后做一份样本给各位听听如何？”

幸好，发问的教授同意我稍后呈上流行曲版本的鼓谱。视像会议结束后，我致电并请教音乐拍档曾庆欣，该如何由管弦乐的敲击乐器，换转成流行乐的爵士鼓？曾先生不用一个下午已谱写了一份鼓谱让我交差，效果比我想象的还要好；事实上这次校歌的制作庞大，而且不容有失，全靠许多优秀音乐人的协助方能完成，譬如四部和声部分由伍卓贤先生与我合编，弦乐录音则由远在葡国的 Filipe Rui 主理……音乐有许多不同的专业领域，由最优秀的人才，担任最适合的岗位，方能创造出最佳效果，也是最负责任的做法。

不久收到校方通知，我的作品中选并将正式进入制作阶段。首先，要确立最终版本的旋律及歌词，校方认为我的原曲太长了，而一般校歌需要更简短明快。如何能把作品缩短，但依然能保留完整的起承转合？令我费煞思量，其次是由郭位校长操刀的歌词，也经过多次修改，每更改一次，我们便录制一个新的版本供校方确认。在此特别多谢 Water Singers 及王浩光先生不辞劳苦地多次进出录音室赶工。而也由于疫情关系，有部分工作一直无法到香港处理，我内心焦躁但也无可奈何。譬如正式版本的人声录制部分，由于歌唱家们都在香港，我最终无法亲到现场，只能透过语音去给予意见，也是憾事一件。不过也由于疫情，令我更熟习如何远距离地监督及统合一个项目，反正视讯通话软件多的是，步入 5G 时代，不同人身处不同城市，亦一样能合作无间，这已是大势所趋。

歌曲终于两周前推出，坊间反映良好，但由于先推出的是普通话版本（另有粤语版本及英语版本），颇引起一些争议。但正如郭校长其中一句歌词“多元文化、和而不同”，大学的办学宗旨如是，造一首歌亦如是，能够“和而不同”，方能适应未来更多跨地域的合作，对不对？

我的斜杠人生

近年流行所谓“斜杠青年”（slash），意即一个人同时间投身多种职业。笔者十多年前就已经是斜杠族了，一直斜到现在，大可自称为“斜杠中年”。我在港澳台创作超过五百首流行曲，那是我最重要的音乐事业；我监制、拍摄（也编剧）超过六十条短片（大多是政府宣传片），那是拍摄方面的事业；我在不同机构，教导超过一千个音乐学生，古典和流行领域都有，那是教育方面的事业；我主创和监制过五六条动画短片，包括有一条讲述同善堂历史的，大家现在入场就能看到，这勉强算是我的动画事业……其他我还主创及监制过三个舞台剧作品，包括澳门最大型音乐剧《天狐变》；策划过几间老店的改造计划，还定期为一份杂志、一份报刊撰写专栏（就是大家正在看的这一份）。这样的履历，“斜杠”一词算是当之无愧。

当斜杠族有好有不好。好的是在一个行业走下坡时，还有第二份事业撑住，第二份也倒下了，我还有第三和第四个，一边做一边等候逆风的行业回复景气。而且我怕闷，一生只对着一份职业会抑郁成疾，多搞些新意思能保持活力不显老。不好的是当你从事多种职业，就是有多条退路，“有退路”的人在面临大困难时，会比较容易放弃，因为会想我做不成功也还有第二条路可走嘛！这是当斜杠族容易出现的心理状态，同道们要小心，而且贪多嚼不烂，年轻人斜杠容易样样都不精。即使你当外卖员，当中还是有技术含量的，什么时间走哪条路比较不拥挤？这都是经验和技术，需要学习。若然你最后没一样精通，那你不是斜杠，你只是打零工，而且懒惰。

要从事跨领域的工作，其实没你想象中难，不需要才华横溢，也不需要每天工作十五小时（通常不需要啦）。我总结了以下几点，供有意当斜杠族的参详一下。毕竟跨领域跨得好，动作比较潇洒，跨得跌倒在地上满脸吃土，姿势就有点难看了。

要跨领域工作，以下几点可与大家分享：

一、找一个领路人

在你将要跨进的行业中，找一个（或数个）领路人，那人可以是顾问、拍档或雇员，他必须在其领域中待得够久、够出色，在你有问题时，他能为你解答，在你有困难时，他能为你解决，而人品永远是最最重要的考量，否则只是引狼入室。

二、大量阅读

要踏足新领域，书本永远是个好老师，而且不会笑你无知。要搞懂行业中二十个最重要“关键词”，否则客户问问题，而你只懂一脸傻笑或顾左右而言他，对你的信心必然大打折扣。近年许多人学习都不看书，改看 YouTube 频道，其实也无不可，黑猫白猫，能捉老鼠就是好猫。

三、多观察

尤其观察行家是怎样做的，行业中的翘楚是怎样干的？即使你创意爆灯，也别急着天马行空自由发挥，多看看别人的做法，观察的时候要少说话，即使你是老板，也别急着下指令，在你似懂非懂的时候，乱下指令其实是一种干扰。

四、清楚自己的岗位

在我刚开始进行跨领域工作时，为了证明自己，事事都要参一脚，什么都要管一份，最后弄得筋疲力尽，结果也是吃力不讨好。其实专业的事，就该留给专家去做：你踏足饮食业，不等于要抢走厨师的镬铲亲自操刀，做管理的就专心做好管理，你的长处所在，就是你的岗位所在。若然你的加入无法令事情变好，或根本没有容得下你的地方，那倒不如退出算了。

五、判辨好坏的能力

开一间餐馆，不一定精于烹调，但必定要有辨别食物好坏的味蕾；开一间画廊，你无须画功出色，但肯定要有辨别画作好坏的鉴赏力。这份判辨力，是决定你应否跨进新领域的最基本认证，分不出好坏，不输死也被骗死。

未来世界，肯定比现在更加动荡，没有工作保证能做一生一世，多踏足几个领域，多学几种技能，应该有益无害，各位同道共勉之。

谈创作的真实与想象

上星期有个工作，要为一首宣传深圳罗湖旅游的歌曲填词。问题是我从没到过罗湖，罗湖有什么好玩好吃，我一概不知。监制韦兄说不要紧，不懂就学，然后把两大页罗湖旅游名胜景点的目录发给我。我详细阅读，再做了一整天资料搜集，幸不辱命，两天就完成歌词，还一稿就通过，以填词而言算非常顺利。

作为创作人，是不是真的要体验过、经历过才能写出作品？答案可以为“不是”，也可以为“是”。我写超过五百首流行曲，超过一半是关于暗恋、失恋、苦恋，但非常遗憾（也是庆幸），我的恋爱经验五只手指已数完了，那这几百首歌是怎样写出来的？就是三分之一靠幻想，三分之一凭技巧，最后三分之一才借用往昔的经验和感受。作家倪匡写过大量科幻小说，却不曾见过外星人，金庸不懂武功，柯南·道尔在现实中也没侦破过任何谋杀案件。以此推论，答案为“不是”。我们不需要亲身经历过，也能写出好作品。

但答案也可以为“是”。有时没有亲身体验过，幻想出来的情绪始终不够真实。金庸写《倚天屠龙记》，其中一段是谢逊误信张无忌已死，其反应是“仰天长啸，泪流满面”。金庸在《倚天屠龙记》的后记中坦然写道：“然而，张三丰见到张翠山自刎时的悲痛，谢逊听到张无忌死讯时的伤心，书中写得太也肤浅了，真实人生中不是这样的。因为那时候我还不明白。”

连大宗师金庸也承认，当年因未真正经历过生离死别，因此在小说中就无法描画出角色该有的情绪反应。

写歌也好，写小说也好，情节可以是虚构的，但角色的性格、言行、情绪等却必须真实，符合人性。我虽未到过罗湖，但能将过去旅游感受过的兴奋和喜悦，写进歌中。武侠小说中的人物可以隔山打牛、飞檐走壁，但其喜怒哀乐，还必须从作者的人生阅历中，提取其精髓再融入角色的情感之中，如此读者或听众才能代入、才生共鸣。

一日廿四小时要如何分配？

笔者上月生日，由于年岁渐长，生日不只毫不喜庆，甚至有点伤春悲秋，感叹岁月催人，但生日也是个对人生作检讨及反思的好机会：抬高枕头、扪心自问，对自己最重要的是什么？想清楚这点，才知有限的一日时间该怎分配，以及人生下半场的路要怎么走。

若然我有自由分配每天廿四小时，我会如下分配：第一，每日保持七小时睡眠，有人说太懒了！许多伟人一天只睡四小时，但睡眠不足会让我精神涣散、脾气暴躁，所以只好抱歉自己无法成为伟人。第二，两小时洗澡和吃饭，始终人不洗澡会妨碍社交，吃饭太急则影响健康，而且两者皆有助消除压力，这时间不能省。第三，每日两小时进行学习，在AI新时代，持续学习很重要，跟自己专业有关的要学，貌似跟工作无关的知识也要多懂一点，除了保持竞争力，有求知欲的人活得比较快乐，以及不容易老人痴呆。第四，每日七小时工作，年纪渐长不宜工作太长时间（但也不能太少，除非已揾够上岸），这七小时中，五小时用以处理熟悉的业务，两小时尝试开拓新市场新业务。第五，三小时陪伴家人，不是坐在他们身旁划手机，而是好好聊聊天、玩游戏，尤其是子女，有效期只有十年，许多人整天忙着挣钱，与子女最后却关系疏离、形同陌路，是愚不可及。第六，最后剩下的三小时，用作娱乐；看电视、电影、上网、听音乐、打机……中国人经常把娱乐当成罪过，什么勤有功戏无益，其实不娱乐哪有快乐？没有快乐活着还有什么意思？

当然，以上种种，前设条件是我有自由去分配，但人生有太多被迫与意外，因此还要腾出许多时间与不喜欢的人应酬、塞车、排队、开无意义的会……不过无论如何，把时间用在你爱的人和事上面，这大原则是错不了的。

中佬的平凡一天

你砸下重金，买下最新型号的苹果电脑，却操作得很笨拙，以前常用的软件，使用时也甚觉陌生，你搞不清楚是新版本复杂了，还是你变蠢了？身旁的年轻助手，三两下就解决了纠缠你半天的电脑疑难，你耳根发热，辩称自己昨晚睡不好，反应才变慢，助手没有反应，他根本不在乎。此时电话铃声响起，那是某客户公司的中层管理人员，此人一向态度恶劣，但最近生意不景，你只有唯唯诺诺，隐忍不发。收线后，你长长呼了一口气，仰头怔怔地望着天花板。下班后，你拖着沉重的脚步回家，隔着门已听到妻子的斥骂声，大概不是儿子欠交作业，就是女儿成绩欠佳，或两者皆是。你回想起妻子从前是个温柔文静的女子，但不知何时变了，忽然明白“为母则刚”，就是女人成为母亲后，就会像巨兽“金刚”般咆哮。你开门，没人跟你打招呼，连正眼望你都没有。妻子双手交叉胸前，满脸怒气地指导女儿，女儿一吸一顿地哭着写作业，儿子则瘫在沙发上看平板电脑，你坐在他身旁，他告诉你最近某条网络短片很惹笑，强迫你一起看，你勉强看完，但完全不理解笑点在哪儿。你干笑数声，然后进洗手间，望着镜中的自己良久，那早已不是年轻时的脸孔，皱纹从眼角与前额逐渐滋生蔓延。“你快乐吗？”这问题你最近经常问自己。你清楚自己的生活已较许多人优渥，有车有房子，有漂亮的妻子和子女，小公司经营得尚可，起码在这逆市中生存下来，你也为自己感到自豪，但你快乐吗？情绪问题有时就如哲学问题一样，难以找到一个客观的答案。妻子在外面大声呼唤你，吩咐你快为儿子温习功课，你大声回答:“来了！”然后摇摇头，想要摇走脑袋中许多负面想法，要帮儿子温习，要处理余下的文案，也许临睡前还能挤出一小时看看“Netflix”？那是你一天中少有的快乐时光。你打开门，决定要好好过完这一天，并努力过得快乐。

中年男健身记

我在二三十岁时都曾在健身院付过年费，但最后都半途而废，做健身时劳累，做完后酸痛，像我这种人缺乏毅力，总是无法坚持下去。

但今年我又重回健身院了，年轻时无法练成的肌肉，在接近不惑之年反而“鼓”了出来，望望镜子，都感到既自豪又迷惑。

2023年是痛苦的一年，朋友及母亲先后离世，心情跌至谷底，我苦苦思量如何能令心情好转，最终想到的解决方法还是运动，尽管试试多巴胺能否拯救我？刚好我家对面新开了一间健身院，我就带着糟糕心情和一身肥膏走进健身院。还记得当日健身中心的教练为我量度了身体各项指数；体脂：超标。内脏脂肪：超标。骨骼肌：不足……各项指数都在水平以下。不过于我而言，改善心情比改良身体状况更迫切得多，于是二话不说就报名，更花费“巨资”请了教练，破釜沉舟，一往无前。

一般我们健身，会在不同日子锻炼胸、背、腹、腿等，也会同时做一些像跑步或踩单车的有氧运动。由于长年缺乏运动，最初几堂完全力不从心，不过做十下深蹲，走路已经腿软，五公斤的哑铃举十下，手臂已无法抬起。对比健身院其他人的孔武有力，再看看自己手无缚鸡之力，实在无地自容。但非常奇妙地，训练肌力时每一次肉体上的苦，慢慢就减轻了精神上的痛，所以最初一个月我几乎天天都去，操一操器械，状态不好时就做一下有氧。如此过了两个月，各类指数已明显改善不少，而且为了守住成果，酒也少喝了，各种加工或过油过甜的食物也可免则免，胸肌、二头及三头肌都逐渐成形，样貌也因减磅而年轻了。当然，最重要是，情绪改善了不少，非常幸运地，健身已成为自己日常生活的一部分，对维持心灵及身体的健康，都是不可或缺的。我希望能继续坚持下去，即使人到中年，即使头发白逐渐侵占了黑，但有些有益的事，任何时候开始都不会太迟的。

2023 的三袋垃圾

临近岁晚，循例要清一清垃圾。早几年无法到外地旅游，林林总总纪念品也不再囤积家中，反而真正落实了“断舍离”之道。其实除了实质的垃圾，还有至今一直累积的、精神上的三袋“垃圾”，希望可从今开始舍之弃之。

一、一袋灰心：2023 年澳门经济某程度上回复旧观，但中小企面对澳人北上的消费新形态，依然不易挨，但唉声叹气没用，只会影响身体健康，不如先扫走灰心，方能好好迎接新一年。

二、一袋旧梦：曾几何时，打开脸书、Instagram 一看，男男女女，手拿酒杯，锦衣华服、春风得意，似乎人人都是名流显贵，个个皆是青年才俊。无他，过去足足十多年，澳门好景到钱不知要如何花掉，不少澳门人都志得意满。但好梦终须醒，旧梦不须记，奢华的日子过去了就是过去了，放下旧时梦，方能再创未来。

三、一袋怠惰散漫：不管你愿不愿意，人总是会被时代催着走。澳门人要走进大湾区，跟内地同胞竞争的时代似乎不远了，问题是我们有没有这份能力？论见识论才干，澳门人其实不弱（当然也不特别强），但说到勤奋搏杀，却远远追不上内地，不是我们太懒，而是人家太拚。尤其过了多年好日子，怠惰之心已养成，跟内地那种“要么出众要么出局”的求胜欲望，确是天渊之别。如果我们已无第二条路可走，那么重拾父辈的勤奋拚搏，一步一步，努力地、脚踏实地去走，方有可能走出一条新道路。

除了这三袋“垃圾”，也有些废物是我们想抛也抛不走的。譬如每年老细塞给你吃的几只“死猫”，都无法想掉就掉。我们还是多点宽容、多点笑容，我们无法改变环境，那么保持乐观心境还是很重要的。

人生的追求

有位朋友，二十来岁，外国名牌大学毕业，回澳后在银行找了份人人称羡的好工，高薪厚职，可是干了数年后，觉得无聊刻板，所以辞职并担任自由舞者，在剧场和演唱会上以跳舞为生。她自觉生活写意自在，而且做的是真正喜欢的事，即使人工只及以前的三分之一。亲友们摇头叹息，背后骂她自毁前程。我则觉得，这种事无所谓对错，各人有各人的追求，无论走哪一条路，都有那条路的满足与遗憾，所谓“条路自己拣，仆街唔好喊”，跟闲杂人等无关。

每逢农历新年，总有些不识趣的三姑八婆，专爱问来拜年的小辈在哪儿高就，人工多少？结婚没有？可有儿子？有的话何时生第二胎？这是华人独有的病态心理，第一，事事爱比较，若发觉对方挣钱少，职位不高，心里则暗爽，觉得还是自己的子女较争气；若对方有高收却无儿女，也会庆幸自己有孙可抱，还是比较有福气。另外，上一辈的华人家庭，总希望后辈走在“正确”的道路上，何谓正确？就是好好读书，毕业后找一份好工（在澳门好工就是政府工），三十来岁结婚，四十岁前生够一子一女，当然也要有车有楼，这就是世俗所谓的幸福人生，缺少了上述任何一项，三姑八婆都会觉得你的人生不够圆满。像那位放弃了银行高职，转当舞蹈员的女生，都是他们眼中走歪了路的失败者。总之，对上一辈而言，跟大队很重要，金钱更是压倒一切。这当然不是错，但并非全对，每天做十小时自己讨厌的工作赚取高收入，应该称不上快乐。明明是“孪”强装为“直”，再为讨好父母去娶妻生子，也谈不上幸福。康庄大道未必每个人都适合走，有些人是注定要行小路的。

新年期间，重看巨著《枪炮、病菌与钢铁》，其中一个章节提到，地球上动物何其多，为何只有牛羊猪狗马这些能被驯化圈养？原来都是基因使然，命中注定，动物尚且如此，何况人？

你有你的人生

儿子首次参加钢琴比赛，侥幸拿了个分组赛亚军，即有朋友问是否打算要“子承父业”，我哑然失笑：我是我，子女是子女，有什么理由非要他们走自己的老路不可？

许多父母私自认为，子女是自己生命的延续，有未圆的梦想，就指望由子女达成，有的则不知是过度保护还是过分专制，从孩子呱呱落地便开始为他们规划人生，“我是为你好”更是不少家长的口头禅：你周日不能去玩而应该练琴，我是为你好；下课该去补习英文而非打篮球，我是为你好；大学该读会计而非设计，我是为你好……许多父母不过比子女虚长二三十年，不见得有多大见识，甚至自己的人生也过得糊里糊涂，其实又如何能够未卜先知，做什么选择才是对孩子最好？

理性而睿智的父母，其实该像个引路人，或者旅行社职员，在子女的人生旅途上，因应他们的个性、兴趣与潜质，推介不同的旅游套餐：有的热衷探究历史，有的喜欢感受风土人情，子女最后报什么团，你可以指路，但不能硬推，你可以协助，但不该强迫，更不应千篇一律为他们报名参加“豪华游”，并认为能豪饮豪食的人生才谓之美满与成功，一句“我是为你好”说得理直气壮。但你的好不等于他的好，一代人自有一代人的想法，有些路也并非人人合适。自传式电影《钢琴师》（*Shine*）中，主角 David Helfgott 个性软弱，但自小在父亲病态的鞭策下苦练钢琴，最终却在演出途中崩溃，精神疾患终生无法治愈，与父亲之间嫌隙也再难修补。

另一方面，子女也该早早觉悟，人生的路是由自己去行，选哪条路？要走多快？跌倒了要平躺在地上，还是拍拍身上尘土再昂首阔步前行？这些父母都无法代劳；你是你、我是我，即使亲如父母子女，但依然是各自独立的个体，你跌倒，我无法代你站起，你软弱，我亦无法代你坚强，你有你的人生，孩子早明白这点，才懂得为自己的生命负起责任。

你的回忆不是我的

记得，小时候 TVB 直播《欢乐满东华》，心情特别雀跃，半夜从门缝偷看新马师曾唱大戏，卢海鹏做趣剧，气氛简直跟过新年一样。又记得，曾经有一套剧集叫《流氓大亨》，由万梓良和吴启华主演，回校后会和同学们演练剧中对白，互向对方大呼："So what ？"更记得，每年无线劲歌金曲总选，一早担定凳子等公布十大歌曲谁属，谭咏麟张国荣斗得难分难解，最高峰时十首歌每人各占三首……现在回想，那真是香港电视业的黄金时代，一个节目就能让一家大小提早回家，安坐家中，以电视送饭。有时跟同年纪的朋友细说当年，就发觉彼此拥有共同回忆，记得同一段剧集对白，背熟同一首歌的歌词，有时人与人之间的感情，就依靠这些微小记忆而维系着。

到了现今，多的高速网络，文化娱乐开始高度分众：Youtube 免费提供数之不尽的短视频，从时事到音乐，从教育到搞笑，从低质到高质，任君选择；串流平台如 Netflix 亦顺势兴起，英韩美日剧全日供应，不煲剧的还有电影、纪录片、动画……不怕你没节目看，只愁你没时间欣赏。只是选择多了，亦变成人人各有选择。晚餐时间，爸爸以西班牙剧《纸房子》送饭，妈妈却正为韩剧《爱的迫降》心摇神荡，还有小孩子们，也霸占着 iPad，看日本动画《我的英雄学院》紧张得手心冒汗，一餐晚饭，各有心思，你的笑声和我的叹息，互不相干。

早前网上直播"叱咤乐坛颁奖典礼"，Facebook 上不少帖文冷嘲热讽，批评既未听过那些所谓得奖歌曲，亦不认识那批年轻歌手，但其实在现今时代，已无一个明星、一首歌或一套剧能夺得全世界的注视，在你认知中默默无闻的某位，可能在另一批观众心目中红得发紫，你不喜欢自有其他人喜欢。只是可惜，同一时代同一个城市，已很难拥有集体回忆，因为百花齐放，却各花入各眼，最后就如泳儿某首歌的歌名：你的回忆不是我的。

你的样子如何，你的日子也必如何

“你的样子如何，你的日子也必如何”是网络金句，经常被网民广泛采用，意思就是若果你脸长得丑，日子亦必然过得不佳。每当有网友于高登讨论区抱怨没女友、节日过得孤零零，就必然有口痕花生友如此留言嘲讽。大家要明白，网络讨论区从来不是个仁慈之地，稍稍取笑一下你样子，已是客气了。

外观到底重不重要？有多重要？根据著名学者 Li, Bailey, Kenrick, and Linsenmeier 的研究，在择偶市场上，男性最重视女性的外貌及智力（以笔者所见还是重视外表的更多一点），而在事业上，根据研究所知，男女性的身高及外观亦直接影响其职位及年收入。

人长得漂亮，做好事时亦更易获得别人赞赏认同，做错事时则较易获得原谅。不信？请回忆一下你中、小学时常被老师责骂的同学，是否一般外表较差？而漂亮可爱的同学，是否经常受老师表扬？在中国传统教学上，我们经常被灌输内在比外在重要，实力较包装要紧，但残酷的现实告诉我们，外表其实比我们想象中更重要。

笔者最近到澳大利亚墨尔本旅游，在某大型时装店中，某外形俊朗、身形健硕的青年，直接就在卖衫处脱去上衣，裸露上身试衫，路过的女士们非但没有谴责，反而是面带微笑、双眼发光。试想象如果那是个贱肉横生的三百磅肥佬，结果又会如何？我们大概会批评他缺乏公德，甚至影响市容。由此可见，外貌美丑不但影响成败，甚至也是个判断对错正邪的重要因素。

有些读者可能开始绝望地想，自己长得不漂亮，是否就宿命地注定一生命贱？那又未必，外表不讨好，现在有太多化妆技巧可以补救，男士不化妆也可学习穿衣服有品位一点，把身形练得健硕一点，都可以大大加分。

正所谓世上没有丑人，只有懒人。怕就只怕，有些人自以为有实力，就忽视外表仪容，但又不知自身实力原来不过尔尔，结果外表内在全盘败北！日子过得不好，就不要怪世人不识货了。

你的脸书为何没人看?

半夜逛脸书，见某少年在 Facebook 上呼天抢地，哀问为何没人看其帖文，按“赞”之人寥寥可数？其实这位年轻人相当努力，每日帖文起码两三篇，有食评有时评有生活感言的。可惜网络世界本无道理可言，不是勤力就可出人头地：几多伪文青日写夜写，依然门堪罗雀，斯人独憔悴；多少无知少女错字连篇，但偶尔露一露事业线，还是客似云来。若然你先天条件欠佳，欠缺好眉好貌好身材供人品评，兼夹朋友少人缘差，那唯一可倚靠的，就唯有“文字”了。

以为帖文写得多、写得长就可引人注意？错错错！有时文章越长越惹人厌。那么，到底脸书帖文要怎么写，才够吸睛？笔者最近读了日本作家 DaiGo 的著作《写入人心》，受启发不少。DaiGo 是日本著名读心师，所谓读心，就是洞悉人心，透视群众心理，作者若能清楚大众想法，写出吸引人的文章就容易多了。关于写文章的要诀，DaiGo 提出以下三大原则：一、不写太多内容。二、不写漂亮文章。三、不写自己的立场。第一点容易明白；现今时代资讯爆棚，每日新讯息、新玩意层出不穷，但人的时间却有限，除非你是倪匡陶杰，否则谁有空看你又长又臭的帖文？言简意赅、非常重要。第二点则难以理解，说文章别写得漂亮，难道硬要写得肉酸难看？非也，其实作者的意思是，文章要尽量删去无关痛痒的漂亮修辞，但要直白、亲切及口语化，就像跟朋友闲聊一样，反而能予人好感。

那最后一点“不写自己的立场”又是什么？意思是不写自己想说的，而是写大家想听的，不写自己的心声，而是写出大众的心事，对呀！你在想什么，喜欢什么做过什么，其实谁又真有兴趣知道呢？在脸书上，大家真正关心的，其实都是自己的事罢了。

话分两头，不过是脸书上写个帖文，抒发一下情绪，为了博多一两个“赞”如此机关算尽，值得吗？有人按“赞”，不见得你文笔有多好，也不见得你有多受欢迎。笔者愚见，脸书上的帖文，大家随心所欲地写就是。不过不过，此文也会贴在脸书上，大家看完还是千万记得要按“赞”呀！

你愿意捐身家吗？

脸书创办人马克·扎克伯格女儿诞生，宣布将捐出 99% 脸书股份，市值约四百五十亿美元作慈善用途，这是了不起的善举，四百五十亿能买多少辆兰博基尼？多少个 Prada 手袋？恕笔者才疏，连四百五十亿有多少个零也算不清楚，但奇才如马克，对于此巨额金钱能买多少药物，救助到多少个垂危儿童，一定非常了解。马克不是唯一一位捐出大笔财产的超级富豪，像比尔·盖茨截至 2014 年为止，捐款总额已超过三百亿美元，真是慷慨非常。

那么华人又如何？当然也有不少中国富豪，对慈善事业非常热衷。像马云、蔡崇信、李嘉诚等都捐出过数十亿美元作慈善用途，虽然相比起美国巨富们，仍有一段距离，但捐款不是运动竞赛，比较谁捐多谁捐少并无意义。但有一事可以肯定的，比起中国人，美国富豪更愿意“裸捐”，即是所有财产全数捐出，不留一分一毫予自己子女。嗯嗯，做慈善可以，但不留一个钱给子女，有多少人可以做到？

要知道，关于养儿育女四个字，西人和中国人的定义是不同的。外国人的养育，就是供书教学直至子女长大至十八岁，便算是责任完成。中国人的养育则是一生一世的：所谓养儿一百岁，长忧九十九，明明儿子都一把年纪，还是担心他将来没饭开，老人家无论如何要留一笔钱给子孙防身，才算是责任完成。而且中国人社会，永远是血亲、家族的利益行先，社会、大众的公益行后，赚了一百元，四十元自己花费，五十元留给子女，余下的十元才考虑是否捐予贫苦大众，而且还是暗地希望可以种善因、得善果，福荫子孙后代……这当然没有错，除了耶稣和佛陀，谁又能一视同仁、泽被苍生？爱，总是有大小先后之分的。

这就是笔者为什么说马克因女儿诞生，捐出四百五十亿美元是了不起的善举，不在于金额巨大；而是把金钱留给子女，是小爱，但因儿女的出生，继而生出超越子女的爱，对苦难众生的悲天悯人之心，就是大爱了。拥有大爱，才可成为真正的慈善家，但愿有更多人，有钱没钱，都可以做到。

分手的礼貌

上雅虎网看到两则新闻：其一是内地一对明星夫妇，于媒体上刊登了离婚声明，内容大意是两人和平分手，儿子则由两人共同抚养云云，这新闻是属于娱乐版的；另一则是香港一对富豪夫妇离婚，丈夫因家产分配问题将妻子斩成重伤，这新闻则属于时事版。两个版面，两段婚姻，一样失败收场，不过至少娱乐圈那对明星夫妇分手得比较好看，富豪夫妇的分手则属于最丑恶那种。

其实学校教小孩礼貌，不该只教他们讲早晨多谢这些门面事，还应趁早教他们“分手的礼貌”。几多男女外表温文端庄，一到分手便撕破脸丑态百出：追债有之、追斩有之、粗言秽语追击有之，总之追什么都好，也追不回一段逝去的感情。分手时怎样才是无礼？常见第一种是“因财失义”，譬如向前度索回之前赠送的衣服、皮包、名车甚或屋宇单位，不管理据如何充分，但总是难看。第二种是“因爱成恨”，经常有新闻是男女分手后，男方上传女方裸照，甚或泼其镪水之类，都是损人兼害己。当然这都是比较极端的例子，一般分手，要分得有风度，只需记住四个“不”字，不哭闹、不报复、不拖泥带水、不讲是非：第一，别哭闹了，对方提分手，别哭，哭坏了妆容只会难看，微笑退场反让对方怀念你；第二，别报复了，省回那股怨气用来自强不息，正所谓最好的报复，就是活得比他好；第三，别拖泥带水，缘尽就缘尽，删除他的一切联络方式，免得寂寞时忍不住致电他，只会让对方小看你；第四，不讲是非，有些人一分手便到处数落前度的不是，听者同情的少、食花生的多，何苦？他有何不是，你自己知就算了，到处宣扬，只令人觉得作为前度的你，同样智慧有限。失恋这种事，从来都是打落门牙和血吞，忍一忍，痛苦总会过，受了一拳还能称赞对方功夫了得的，则表示你自己也逐渐迈向情场高手之列了。

天分与毅力哪个重要？

天分与毅力，哪个更重要？父母教育子女时，一定说毅力更重要。但教育归教育，心底深处，我们其实都仰慕聪明人或别具天赋的人，在电影大银幕上，我们看过不少文学、数学、音乐天才的故事。他们有的不费吹灰之力写下旷世巨著，有的随随便便破解了千古数学谜题，也有轻而易举写下流芳百世的名曲。我们抱着观看超级英雄电影的心情，仰望天才在荧幕上挥洒其绝世才华，似乎其聪明才智跟超能力一样，都是与生俱来，是由上天赐与的。

人的聪明智慧是否有高低之分？当然有，但那是否决定一生成就的关键？答案却是否定的。美国心理学教授安琪拉·达克沃斯博士经研究后发现，人的毅力对成就的影响较天赋更多。她多年内深入调查不同教育及商业机构，发现能获得最大成就的人士，都具备“恒毅力”，所谓“恒毅力”就是对某件事保持长久的热情，年年月月对同一目标持续不懈地努力。另一著名心理学家考克斯，则以三百零一位杰出历史人物作目标，研究了海量的历史文献，发现智商和卓越成就之间的关系极其微小。譬如天文学家哥白尼，智商只介乎100至110之间，比普通人稍高一点；物理学之父牛顿，智商亦只不过区区130。最后发现，伟人之所以成为伟人，最决定性的因素就是“恒毅力”。

若子女先天个性并不特别有毅力，那后天可否培养？安琪拉指出现今尚没有经科学验证的方法，但她以个人的育儿经验，提供了以下意见：一、对子女要严格，但非控制。意谓要对孩子有所要求，特别要训练他们不轻易放弃，但并非要事事控制他们。二、多参与良好的课外活动，训练孩子对困难事物的坚持。三、加入能锻炼“恒毅力”的小团体。朋辈的影响力有时比父母更大。譬如在泳队之中，当周遭朋友都乐意早上四点半到泳池练习，你身处团队之中，久而久之也就习以为常。

笔者向来反对，某些父母同时间让子女参加六七样兴趣班，那只会让孩子忙得透不过气来，但培养小朋友一两样课外兴趣，顺道锻炼他们的“恒毅力”，也是非常好的事。

夹饼的味道

近年在横街老巷之中，新开了许多轻食咖啡店，卖的一般都是咖啡，还有格仔饼、多士及意粉一类较容易烹调的食物。这类咖啡店一般都装修得雅致且各具特色，我最近的兴趣之一，就是到处搜寻这些新开张的咖啡小店。当然，这些店铺的管理者并非位位富有经验，食物及服务水准非常参差不齐，譬如今日光顾的那间，我明明点了美式咖啡，来的却是泡沫咖啡，要了个蓝莓格仔饼，端上来的却是士多啤梨伴碟的……当然，这类小店经营不易，其实不忍深责，但望着那位不停低头玩手机的女侍应，我就不禁替她的老板可怜：在这竞争激烈又租金高企的时代，这小店能否挨过一年，我非常怀疑。

我之所以经常光顾这些新派咖啡店，其实是为了格仔饼；我非常喜欢吃格仔饼，以前我们唤它作夹饼，用蛋、奶、糖、面粉混成浆，放入夹饼机中，再用炭火来烧，成形后涂上炼奶、砂糖、花生酱及牛油等。小时候，父亲带我到新花园游泳，游完后饥肠辘辘，父亲总在门前路边摊买个夹饼，那时真觉得人间美味莫过于此。吃完后，手指上沾了花生酱和炼奶也要放进嘴巴里舔个干净。现在澳门还剩余仅有的几间夹饼档，但光顾的人比以前少多了，而且看到那罐没有冷藏、似乎在外面放置了若干时候的牛油，我就不禁打起退堂鼓，毕竟肠胃已没有年轻时强健，为夹饼而进医院并非明智的事。

所以，这些轻食咖啡店开得正合我意，环境舒服、干净卫生，这些夹饼款式比以前多得多了，材料也丰富得多，夹饼之上除了糖浆，还加上忌廉、雪糕及士多啤梨等。但坦白说，材料再多再丰富，都没我小时候吃的夹饼美味，而且我不需要忌廉、雪糕及士多啤梨，总觉得夹饼是要加上炼奶、牛油和花生酱，再放入纸袋吃才对味。我盼望有哪间轻食店，能在菜单上加入这款实而不华的格仔饼（不，是夹饼！），我愿意每周也去光顾。当然，即使味道完全一样，心境和时代早已不同，就让我继续到这些新店铺，去搜寻那些永不复返的旧回忆好了。

好监制、蠢监制、贱监制

香港流行乐坛，一首歌的创作及制作，权力最大，最有话事权的，就是监制。当然，某些红歌手喜欢越权指指点点，权力凌驾于监制之上，这种情况也非罕见，但正常而言，监制是整首歌的最高指挥。笔者在香港乐坛滚打十多年，遇过的监制起码三四十个，有些成了朋友，有些则几乎变了仇人，因为歌曲创作牵涉不同岗位，大家各有想法，磨擦自是难免。我脑袋有本分类册，自动将监制们分成好监制、蠢监制和贱监制，好的多合作，蠢的、贱的要敬而远之。

第一类是好监制。何谓好呢？就是有智慧、有准备及有修养，当监制的必须在曲、词、编、唱及混音皆有分析力及指导能力，懂得分辨好曲好词，能对不同岗位人员作出适当指引，准备充足，歌曲如何演绎最好，在歌手踏入录音室前，监制已了然在心。最后是有修养，作曲人或词人有时状态不佳，好监制不乱发脾气，懂得体谅及给予修正机会，歌手表现欠理想，也能从容解决。

第二类是蠢监制。蠢不是大问题，蠢还要强装聪明才可怕。某些蠢监制，不懂评歌词，但又要强行展现监制的威权，鸡蛋里挑骨头，明明没问题的偏要你大改特改，浪费词人的时间也算了，但好词好句被白白删掉，才真的可惜。

最后一种是贱监制。贱的方式嘛，可以是五花八门，但主要有以下三种：一、明明说好找你写的，但背后还找了阿二阿三阿四写，左瞒右瞒，大话连篇。二、乱发脾气，骂人当食糖，帮他做一首歌，父母祖宗也被骂个够，为免不孝，此类人还是少合作为妙。三、拖欠薪酬。曾遇过某老牌监制，身兼某歌手的监制及投资者，唱片完成后，一直拖欠曲词费不发，最后直接来个“电话已经停止服务”，人间蒸发，无人知其踪影。笔者两个月的辛劳工作等同白做，真是欲哭无泪。大家可能发现，咦？怎么贱监制跟八卦杂志上出现的贱男，所作所为居然差不多？一样是勾三搭四、语言暴力、欠钱不还等。唉，职场情场，各有不同，贱人所为，所差无几。找情侣还是找工作伙伴，大家都要带眼识人、小心为上！切记切记！

如何令生活变得有趣？

澳门地方小，娱乐少，如果你不赌不嫖，工余时间真不知有什么可做。当然，我们可以去旅行，三两天也好，一有假期澳门人便迫不及待飞到东南亚各地吃喝玩乐，但一年三百六十五日，大部分时间，我们还是要踏踏实实地在澳门过活。与其抱怨这小城无聊，倒不如尽量令自己的生活不无聊，也许一直以来，沉闷的不是这城市，而是我们自己。所以，住在澳门，如何令生活变得有趣，其实是一个非常重要的课题。我还真是在某个穷极无聊的周日下午，列出了下面八大规条，严格遵守的话，必能令读者生活的有趣指数大为提升。

一、每两星期至少光顾一间从未到过的餐厅（或茶餐厅）。

二、当要步行到某地点，尽量走较远但景色较佳的路，不走快捷而无趣的（驾车则算了，反正什么路线都一样堵车兼无聊）。

三、一星期至少做一次运动。

四、一年至少认识三个新朋友。

五、一年至少三次跟旧朋友聚首。

六、一年至少学习一样新事物。

七、偶尔做些儿童才会做的事（譬如在公园玩躲猫猫，难处是要找到跟你一样幼稚的朋友，而且要不介意旁人误当你们是智障）。

八、不守任何规条。

没错，第八点跟前面七点互相矛盾；其实，要严格遵守甚么鬼规则才真无聊，世上本来就没有什么良方，能保证令人生变得更加有趣，有的话，也只能由自己去找！祝大家早日找到，生活越来越有趣。

如何当一日内地节目嘉宾？

早前受北京广播电视台邀请，以嘉宾身份，参加名为《我的音乐给你听》的节目，负责点评内地新晋音乐人的作品。这类较专业导向的节目，京港澳皆不多，其实相当有意义，但奈何鄙人普通话只属“有限公司”。我向节目监制李星辰兄事先声明，观众听不懂可不关我事。李兄说无妨，听众就是喜欢听你们说“港普”。我哑然失笑。情况大概就如从前我们爱听艺人金刚在“奖门人”中讲粤语，风水轮流转，现在轮到内地观众以此为乐了。

节目未开拍，节目组先寄来一份长长的“服饰要求清单”：衣服不能有大 logo，不能有英文字，男性不能戴耳环、不许有纹身……虽嫌烦琐，但毕竟这是人家的地盘，自然要守他们的规矩。到京城翌日到广播电视台拍摄，在工作人员引领下踏进大楼，第一印象是人真多，这里冒出一大群小孩，那里跑出大班舞蹈员。好不容易来到化妆间，也是每个都忙忙乱乱，不时见有工作人员接到电话，就匆匆跑去处理什么问题，空气里弥漫着某种躁动不安。等待化妆期间，接待人员刘兄好心为我送来咖啡，我喝的时候却不小心溅了在白色衣服上，我慌忙到洗手间清洗，却如何也洗不干净，只好作罢，结果整个拍摄期间都在遮遮掩掩。

终于来到录影棚，幕后工作人员也是出奇地多，炯炯目光让我浑身不自在。幸好，当我一谈到音乐，自信就瞬间回来，明明普通话不行，衣服有污迹，围观的人一大堆，也自自然然能忘却其他，侃侃而谈，历经四小时拍摄才结束。紧接着是一大群年轻歌手进行合唱拍摄。监制跟我介绍：某某是抖音网红，粉丝超过三百万；谁谁是腾讯歌手，正受公司力捧。我默默点头，眼见这群歌手眼中闪耀着光芒，但不知三年后有谁能留下来？毕竟中国这样大，人口如此多，竞争无比剧烈，长期在这里工作应该会患心脏病，我还是当一日节目嘉宾好了。

完骚后忧郁症

终于完成了澳门艺术节《异色童话》绘本音乐剧场的四场演出，这一个集插画、动画、音乐、剧场于一身的创作，由筹备到演出，共花了九个月的时间。《异色童话》用绘本结合音乐，起初纯粹直觉上认为会新颖和有趣，实际上是否可操作并无太大把握，幸而我们的团队把每个问题都逐一顺利解决。回想起来，整件事最困难的部分，就是游说各方高手来参与这个制作，过程之曲折，简直可媲美漫画《海贼王》或电影《盗海豪情》。要知道，这班大哥大姐一向各自为政，要让他们聚首一堂，还真费了不少唇舌，喝了许多咖啡，幸好今次每位创作、制作及演出的人员，都交出了水准以上的功课，我也能不要脸地到处夸赞自己眼光非凡，找到了这一支上佳的队伍回来。

创作是孤独的，作为音乐创作人，在宁静的午夜一个人写曲及填词，早以为自己习惯了寂寞，也享受寂寞，但当我踏进剧场这个领域，看到各岗位的人员，在受挫时互相打气，失败时互相鼓励，兴奋时放声大笑……那刻才发觉，自己以往的日子过得有多孤独。演出完结后，最深刻留在我脑海里面的，居然不是哪一场戏或哪一首歌，而是一大群工作人员，在剧院休息室围坐一起吃饭的画面。那是大家一起辛劳了大半天后，短暂的闲暇时光，因此饭菜会特别香，笑话也分外好笑……

最后，四场演出完结了，之前每天都去的场地忽然不用去，每日要见的人也忽然不用见，紧张的事和费心的事都统统消失，生活便忽然失去重心、飘飘荡荡，说不出的郁闷和空虚，跟失恋居然有点相似。所以，为了早日和队友们再次重聚，现在唯有先孤独地创作，对，为了明天不再孤独，现在必先要承受孤独，人生还真是矛盾。

恐怖情人

好莱坞著名影星强尼·戴普（Johnny Depp）与其前妻安柏·赫德（Amber Heard）之世纪官司终于落幕，Johnny Depp获判胜诉，吐了一大口冤屈气，真是可喜可贺。事件要从2016年说起，当年Amber Heard申请离婚并对外控诉Johnny对其家暴。Amber作出提告后一年，即2017年，正值美国“Me Too”运动进行得如火如荼，不少名人及明星皆被卷入其中，被控作出各种性骚扰、性侵害以及家暴等。强尼·戴普形象向来带三分邪气，而且大部分施暴者皆为男性，公众自然对女方之说法照单全收。一夜之间，Johnny Depp由万众瞩目的巨星，沦为人人喊打的过街老鼠，电影工作几乎全被取消。但近年已不断有小道消息传出，Johnny Depp才是两人关系中的受害者，甚至在一次肢体冲突中，被其前妻割断了手指，舆论才逐渐转向。终于在2019年Johnny Depp向其前妻提出诽谤诉讼，并于今年将整个审讯过程进行直播。两人的家事变成全球盛事、网民食花生的热门话题，过程之曲折离奇，被拍成电影是迟早的事。

事实上，男性作为家暴受害者，实际案例到底有多少？网上并无太多统计可供考据。但2018年发生在英国的“阿历克斯与乔丹”的家暴案，便详细描述了男方如何成为两性关系中受虐的一方：男性被家暴而默不作声，有时是性格使然，有时是为了子女，有时则是羞于启齿。男子汉身强力壮，对外宣布被女友和妻子暴打，只怕会被当成笑话一则，在此尚未计算精神受虐，女性长时间对男性的冷言冷语，法律上很难受理，但痛苦程度跟肉体伤害难分上下。此外，阿根廷曾做过调查，部分女性在离婚后，无故禁止男方探望子女，令爱惜子女的父亲们感到难过万分，凡此种种。可见家暴或被家暴，并非男性或女性的专利，就如 Amber Heard 就在虐待对方的同时，将自己包装成弱女子，此类恶人恶事，世上不知有多少。有时清官亦难审家庭事，还望不论男性和女性，带眼识人才最重要。

爱你还是害你？

中国人都说，望子成龙，大概中国人都觉得龙有地位，被尊崇，却没人认真想想龙是什么？那条龙又究竟快不快乐？

认识某位家长，每周为女儿安排超过十小时的“兴趣活动”，包括小提琴、柳琴、民族舞、芭蕾舞、法文、网球和珠心算……他认为现今社会竞争激烈，不多学几样技能，将来便无法出人头地。许多家长都是容易受惊的动物，觉得子女专长若不够多，便考不上名牌大学，继而无法成为上层精英，再继而便要跌落社会底层，睡天桥底了。

为人父母，想把下一代调教得多才多艺，本是无可厚非。我只是疑惑，任何一种艺术或运动，若想学得稍稍像样，都要花费极大的心力与时间。以小提琴为例，每日不耗上一二小时肯定无法学好，而港澳的填鸭式教育，每日功课繁重，学一至两种课外兴趣，已是极限，若同时兼顾六至七样，除非天赋异禀，否则，结果可想而知，肯定是贪多嚼不烂，周身刀，无张利。

这种道理，并不难明，那何以有家长还要强加许多重担到孩子身上？第一，可能他们并不奢望子女真能学出什么成绩，学多两样专长只为履历上好看，既有助升学，也方便向亲友炫耀。第二，可能他们真认为自己的孩子天资卓越，像日剧《神探伽利略》的主角一样，智商超群，任何技能一学便上手。但遗憾的是，绝大部分孩子其实跟你我一样，都是平平凡凡的普通人，我们都可能有一两项专长，但绝非十项全能。强迫孩子样样皆精，后果就是令其原本某样艺术或运动上的天赋，因时间无法兼顾而被扼杀掉。天分被抹杀也罢了，最可悲的是，多少孩子在怪兽家长的压迫之下，被剥夺了自由与欢乐。最近，邻埠接二连三出现学童寻短见的事件，当中原因有待深究，但父母有否制造过多压力，超过他们所能负荷？这原因也不能轻视。笔者庆幸自己没被父母强加过多压力，没大成就，但有快乐的童年、珍贵的友谊，每日抬头望见是蓝天白云，而不是冷冰冰的兴趣班四面墙，这些美好回忆足以温暖人的一生。与其望子成龙，我宁可望子快乐，龙太虚幻了，快乐比较实在。

打机是否浪掷光阴？

由“卡普空”（Capcom）开发并发行在任天堂（Switch）的角色动作扮演游戏《怪物猎人·崛起》（*Monster Hunter rise*），推出一周便全球热卖五百万张。此电玩从第一代开始，推出超过十七年，已成为“卡普空”最叫座的游戏，魅力不容小观。

打机是否浪掷光阴？言人人殊。笔者也是怪物猎人的老玩家，记得曾有一年有如着魔，日玩超过六小时，只觉此电玩令人有非比寻常的代入感，玩家很容易不知不觉沉迷其中，而在狩猎怪物、升级装备所产生的巨大满足感，比起在现实生活中获奖、收花红更高。

笔者曾不止一次在公开场合，向人讲述过去沉迷打机这个奇妙经历，若问我有否后悔浪费了宝贵时间，本人总是回答六个字：“很享受，不后悔。”我甚至曾以此经历转化为陈奕迅的歌词《玛利奥派对》，有几句如下：“没法可当成，现世的英雄，我没强横弹跳力，无公主要被我救起，一切是虚无，但世界太枯燥，花一世名和利流汗拚搏，到最后同样是幻觉一种。”其实在现实中追名逐利，不见得就特别有意义，也不见得让人特别快乐。当然有人反对：游戏中赚的钱，无法在现实中买楼、买食物和看医生。这是事实，但现实中赚来的钱，最后也带不进棺材，到生命终结，游戏中显示的与银行户口所显示的财富，其实也没什么两样，都不过是两行数字，那何不在活着之时，多做一些让你觉得快活的事？打机与打拚事业，没有谁比谁高尚，端看你的个性、人生在哪个阶段，追求的又是什么？勇猛精进是一种活法，闲适自在也是一种活法，正如元朝作词作曲家关汉卿于《双调·乔牌儿》所言:“到头这一身，难逃那一日。受用了一朝，一朝便宜。”每个人都难逃一死，而在有生之年，追求你所认为快乐的事，这应该没有错。即使是错，死后你都不知道了。做人呢，其实不用太执着。

乐手必备的三种天赋

少年时代，我曾立志投身音乐表演事业，在大一时举行了一场小型钢琴独奏会。不知那天是因为心情紧张，还是喝多了咖啡，手汗不断从掌心冒出，琴键因被汗水弄湿而滑键，错音连连，音乐的情绪亦无法传达，演奏会最后自然一败涂地。但也幸运地让我趁早发现了一件事，就是自己并不是做演奏的那块料。其实好的演奏家，除了音乐才华，尚需要三种天赋。第一是冰一样的冷静，以一个乐团的小提琴手为例，算你一秒要拉出四个四分音符，一场九十分钟音乐会便要拉奏超过两万个音，亦即要在上述时间内，准确无误地做出超过两万个动作，灯光一暗，演出开始，便没有 NG，不能重来，即使技巧纯熟，但如若欠缺冰一样的冷静，亦必然失败。第二种天赋是“着魔”的能力，好的乐师，专心致志地演奏之时，会仿如着魔，眼里除了手中乐器，耳里除了节奏旋律，天地间再无他物，惊雷震耳、裸女经过，都不闻不见，没有这种“着魔”一般的高度集中力，就一定没有令听众着迷的音乐感染力。第三种天赋是“抵得闷”的耐力，三十英尺的琴房，空白苍凉的四面墙，一天练习五六小时，若心中总偷偷想着其他娱乐：玩手机、上网、看电影……耐不住闷，早就离开琴室了，还谈什么演出？

有人说，成为职业乐手要付出许多泪和汗。这是事实。我敬佩他们，但更羡慕他们具备上述的三种天赋。乐师们是上天挑选的幸运儿，能把喜欢的事物变成工作，愿上天继续眷顾他们，他们则继续以音乐抚慰我等平凡人的听觉与心灵，阿门。

活下去，就总会有好事发生

上周受邀到澳门管乐协会做讲座，对象大部分是青少年。由于近期发生太多自杀事件，部分轻生者甚至尚未成年，因此题目定为“活下去，就总会有好事发生”。其实人生在世，总会经历好事坏事，命运无法预测亦不易抗衡，但即使如此，我们依然可以“大致上快乐地活着”，但要快乐活着，也需要具备某些“特殊能力”：

一、被讨厌的勇气

著名哲学家兼心理学家阿德勒有几句至理名言：“纵使被说坏话，被讨厌，也没什么好在意的，因为对方如何看你，那是对方的课题。”世人干下无数蠢事，许多都是由于太介意别人目光而引致，即使亲如父母，也别过分顾虑他们的想法，你的命是你自己的，要为自己而活着。

二、面对挫折的平常心

面对失败与挫折，不用咬牙切齿、泪流满面向着夕阳叫“加油”，青春热血从来无法持久，反而应视失败为常态。“平常心”是治疗“玻璃心”的良药，跌倒了，站起来，拍去膝盖上的灰尘，安静地继续向前走就好了。

三、舍得放手的豁达

但如果已尽了百分百的努力，还是失败又如何？这时候就要潇洒地放手。梦想和女孩，都不一定是想追就能追到。若向女孩表白了二十次也不成功，再不放弃就要被当成性骚扰。而且接受失败并不代表一无所有，你在过程中获取了经验和智慧，追下个女孩时还用得着的。

四、直视逆境的冷静

别盲目乐观，要冷静地直视“逆境”的面貌，直视它，评估它，做好准备，最后才能对抗它。这世界即使不算残酷，但也很现实，做人别太天真乐观。

五、自嘲的幽默

自嘲能提升抗压力（我说的），而且你自己先笑自己，别人就不好意思再笑你了。受了伤后如能笑一下，伤口亦会加速愈合。

六、爱自己

天下间最重要的事，最伟大的爱，就是自爱，能自爱，就自然会好好活下去，而活下去，就总会有好事发生的。

演讲的艺术

笔者上星期于永利皇宫（Wynn Palace）举办了一场分享会，整体尚算顺利。分享会结束后，有朋友说料想不到我公众演讲的能力还不差。我笑言像我这种教惯书的，日复日年复年地对学生讲话，口才总不至太差。其实除了讲课，笔者每年总有一两次较大型的对外演讲的机会，心得积累了一些，在此跟大家分享一二：

一、腰要挺直

腰挺得直，人就大方，说话亦比较压场。弯腰驼背，会令人感觉精神不振，说服力即减三分。

二、肩膀放松

对公众说话，很易会紧缩起双肩，而肩膀缩起又会让人加倍紧张，所以讲话前应先检查肩膀是否放松。

三、眼神交流

很多讲者不与听众作眼神接触，低头读稿，又或者眼神游移不定、闪闪缩缩，都是演讲的大忌。

四、偶尔要放慢语速

人有一个惯性，就是越紧张，越会加快语速，越说越快越不知所云，所以要时刻留意，自己若是说得急了，就要调整呼吸，放慢一下速度，找回演讲的节奏。

五、与听众互动

多精彩的演讲，若与自己无关，听久了就会失去兴趣，所以讲者偶尔要与听众互动，譬如问一句：“谁与我有过相同经历的，请举手。”有份参与，听者会加倍投入，也更易对讲者的话产生共鸣。

六、懂得自嘲

有些讲者一上台，即会黄婆卖瓜细数自己的成功史，但除了你的忠心粉丝，谁会对这类题材有兴趣？所以讲者其实反而要懂得自嘲，不怕抖出自己的糗事，偶尔嘲笑一下自己昨日的愚蠢和倒霉，其实更易拉近与听众之间的距离。

七、主题清晰

每个讲座，通常只能围绕一至两个主题，不能像茶餐厅老人一样东拉西扯，不着边际，听众才会易于吸收及理解。

八、不带稿纸

一有稿，人便会生出依赖之心，照纸读字之时，什么眼神交流、听众互动就即时没了，所以倒不如破釜沉舟，不带稿纸，才可以迫出潜力。小学时懂得背书，难道人大了就背不了？

炒股血泪史

笔者大学刚毕业，手头上只有区区三四万元就开始炒股，在股票市场滚打了二十年，经历了好几次风浪，这么多年有赚有蚀，虽没认真算过，估计是打了个和，但我一直坚信股票不同赌博，知识、纪律等都对股票赚蚀有很大影响。

最初对股市产生兴趣，是源于看到某杂志上的股票专栏，撰稿人叫“东尼”，东尼信奉的是价值投资法。要知道玩股票也有不同流派，有的人比较热衷分析图表，什么k线图、阴阳烛等就属此类。而价值投资法则着重分析公司的基本因素：盈利前景、行业优势、资产价值、管理层优劣……像股票之神巴菲特就属于价值投资一派，其名言“别人恐惧时我们贪婪，别人贪婪时我们恐惧”，就是价值投资法的精神所在：只要公司前景仍然向好，内在价值依然优厚，那么当别人因恐惧而不理性抛售股票之时，正好就是价值投资者入市之机。受东尼影响，我亦一向对巴氏的投资法深信不疑，在几次股灾股票跌至低残时，都有大胆入市“捞货”，最后亦赚取了不俗利润。

当然失败的例子也甚多，其中有几次损失极为惨重，可谓刻骨铭心、蚀到入肉。记得一次是2007年左右以十九元买入中国铝业，当年笔者对此股票其实毫不认识，只是电视上有股票专家推荐，人云亦云人买我买。而直到今日笔者执笔之时，中国铝业股价已跌至只剩一元九毫，只及当年买入价的十分之一，真是欲哭无泪。而另一次“大损手”就是买认股证，我曾有一年不停小额地炒卖认股证，居然幸运地（或其实是不幸的开始）颇有斩获，于是越买越心红，终于由小额怡情变成大手豪赌，几日之内注码全部血本无归：股票就是这样奇妙，当你将它视为投资，它就是一种投资；但当你将其视作赌博，它就真的会变成一场赌博，你又何曾见过有人能斗赢赌场呢？

笔者投资股票的失败例子还有很多，在此就不一一细数，但从多年血与泪的教训中，倒累积了一点皮毛心得。其实买股就如谈恋爱。首先，要对所买股票有充足了解，就正如对追求对象要有深入认识：你不会因为三姑六婆的怂恿，就决定与某女孩拍拖结婚，那又何以会因为投资专家的推荐，而买入一只毫不认识的股票？当你决定要买苹果或小米的股票前，总要先试用一下这两种手机，看看性能是否良好？或视察一下其专门店生意是否畅旺？而公司业绩或迟或早都会反映在其股价之上，要买入抑或卖出，对股票所属公司了解越充分，就越能作出明智决定。

其次，当股票所属公司基本因素转坏时，要果断斩仓，就正如当发现男朋友人品欠佳，要狠心分手一样。这事说来容易，做时却难，尤其当斩仓意味着损失时。譬如说，二十巴先的投资额损失，这情况下要壮士断臂并不容易。人总是倾向自我安慰，觉得股价有天会回复旧观，但其实当基本因素转坏，股价更有可能从此一沉不起，不设止蚀，有可能血本无归。笔者曾以十四元买入光大国际，并于跌至十元时忍痛卖出，现时股价已跌至五元上下。每念及此，更肯定止蚀的重要性，能够“舍得”，方能重新起步，要有柴烧，先要留得青山在。

最后一点，是对真正有潜力的股票，要长期持有，别轻易卖出。其实买股票等于投资生意，对于能赚钱的生意，你怎会轻易转让他人？对于前程似锦的男朋友，又岂能随便讲分手？而对于好股，为了短期获利而轻率售出，其实亦同样不智。

股票之道，涉及专业知识甚多，笔者并无资格作更多建议，以上几点，都不过是常识，稍有常识及保持理性，股场上赢面便大上很多。不过，看看这世界，看看新闻，这世界上有常识、有理性的人，其实又有几多呢？所以玩股票的，还是输的人多，赢的人少。

听讲座的礼貌

最近歌神陈奕迅在公开大学做分享会，因在场有学生玩电话而感到不尊重，愤而要求无心听讲的同学离开，最后甚至取消了大合照环节。

整件事其实黑白分明，自然是玩手机的同学有错，正如陈所讲，不喜欢听的其实可以离开，不是上课亦非返工，要玩手机尽可回家慢慢玩。

笔者做讲座不多，都是一年一次的频率，但有开班教过不少成年学生，绝大部分都是态度良好，但有些真是没礼貌到你想走下讲台，扯着其衣领掷到门外的走廊去。其实教书也好，做讲座也好，学生或听众的不礼貌行为，确是令讲者难受。以下举几个例子，都是亲身经历。有一堂我教授的音乐课在晚上七时开始，不少学生会自备一点零食，毕竟未吃晚饭赶来上课已够诚意，吃点小食是可接受的。但试过有人大模厮样在课室吃起干炒牛河，吃得津津有味兼有声！当我正在讲解古典音乐的和声结构时，耳边就不时传来啜吸面条的声音，不知用对牛弹琴，还是焚琴煮鹤形容更恰当些？又有一次，在香港做填词讲座，到发问时间有一位年过五十的中年男人，毫不客气地说："现在的流行歌都不堪入耳，歌词不知所谓，我已十多年不听香港流行曲了。"我也不客气地反击："你十多年没听流行曲，又怎知现在的歌词不知所谓？"这种人，摆明是来踩场的。也有遇过一些听众没恶意，也不是不专心，只是少了条筋。同样是流行曲讲座，有位女孩举手问某歌大概有版税多少，我婉转地避开话题，她还是一直穷追不舍……我某首歌赚多少与你何干？你税务局派来的吗？一个讲者来做分享，不代表要有问必答。作为听众，礼貌必定要有，除了不玩手机，不大声谈话之外，冒犯讲者的说话不要乱说，别人不想讲的也不要打烂沙盘。不只讲座，人与人之间的正常沟通也该是如此吧？

胃痛教懂我的事

笔者的胃一直不太好，但向来不太当一回事，煎炸酸辣、茶酒咖啡一律照吃不误，反正偶尔胃痛发作，咬两颗胃片就是了，近数月病状却忽然加重，经常胃酸上涌，有时甚至作呕作闷，腹部胀痛，胃口全失，体重足足轻了十磅，忧心忡忡了两星期，终于立定决心照胃镜及做详细的全身检查，幸好没什么大问题，只是有较严重的胃炎，根据医生所言，胃病无法单靠胃药治理，只有改变各种生活饮食习惯，方有根治的希望。有八类人士特别容易惹上胃病：一、饮食不定时者。二、暴饮暴食者。三、喜好刺激性饮料，如咖啡、茶及酒类等人士。四、酸辣、煎炸、油腻食物爱好者。五、从事高压力工作人士。六、急躁易怒者。七、好食宵夜的人士。八、好肉类不好蔬果之人士。屈指一算，笔者居然集齐八大种伤胃的坏习惯于一身！有胃病大概也只好认命了。但许多年养成的坏习惯，哪能说改就改？现代社会，竞争激烈，有哪个行业不是充满压力？除非好命生为富二代，否则谁不是没日没夜一边抵受压力，一边拚命工作？说到饮食要定时，其实笔者行文至此已是晚上十时，为了赶稿，尚未有粒米落肚，一句话：人在江湖，身不由己。

不过得了胃病，从某方面而言，倒不是全无好处，起码笔者从此立定决心，于饮食方面做出重大改变，从小到大一直不喜蔬果，一餐向来是五成肉、三成饭、二成菜（甚至只得一成），现在则是五成菜、三成饭、只有二成是肉类，长远而言是比较健康的饮食习惯。其次是脾气好了：由于每次心情一烦躁不安，或发火动怒，胃酸胃气即时上涌，简直有如某位情绪管理导师，一见我情绪失控就拿电击棒电我一般，久而久之，连发火的力气也欠奉了，某位工作伙伴严肃作结论，笔者的脾气比从前好了许多，还希望我的胃病永远不痊愈……胃病还教懂我最重要一件事，就是健康无价，相对于健康，名利全属虚幻，相对于健康，权力地位毫无价值，这虽是老生常谈，但却是千真万确、情真意恳的肺腑之言。

脸书上的礼貌

在人与人的互动上，礼貌很重要，尤其在陌生人之间，大家互不相识，欠缺基本礼貌，双方便容易产生不必要的误解与冲突。像我们中国，对礼貌便一直非常重视。当然，现代人对礼貌早已没从前般重视了，试看看我们经常使用的脸书，不礼貌的言行真是秒秒都在发生。在脸书世界，大家无法面对面交谈，看不到表情，听不到声调，你以为在说的一个富幽默的笑话，他却以为是个带敌意的挑衅。世间上许多争执与仇怨，便由此而来。所以，笔者认为，若能遵守一些专为脸书而设的礼仪与守则，网络世界便会平和许多，戾气亦能减少许多。以下是其中最重要三点：

一、别随便 tag 人，不论朋友还是陌生人。有些人，不管行街看戏，事无大小都要拍张照放上脸书，若只拍自己也算了，最怕是跟他合照的，不管愿意与否，都被 tag 照片之上。tag 你的人通常只管自己是否上镜，才不理其他人是头发蓬松，还是眼歪鼻斜。是熟朋友也罢了，最怕是参加完派对从宿醉中醒来，打开脸书，才发现自己醉态可掬的傻脸，早被放在脸书上供公众评头品足，并引为笑柄。女友随即拍门大兴问罪之师，问跟你亲热地抱肩搭膊的女孩是谁，继而来个一哭二闹三分手。所以，为他人着想，tag 人之前，应停下来想一想。

二、了解事件之前，别胡乱留言。现代人有两大特点，一是欠缺独立思考，二是欠缺耐性，这两种特质在网络上可谓显露无遗。脸书上的文字，大家通常是只有耐心阅读一半（肯读一半已是爱阅读了），这没大问题，真正的问题在于尚未弄清真相，就急于饰演判官，似乎跟风留言慢了半拍，就是自己不够正义不够合群了。

三、不管多幸福，别在脸书上晒幸福。“这是老婆猪猪为我特制的爱心饭盒，好美味喔！”此类晒命帖文，在脸书上比比皆是。其实你幸福你成功，自己知道就够了，又何必在脸书上拚命炫耀？好朋友也许还会替你高兴，毒男剩女，看到你放闪文，就只有羡慕嫉妒恨了。爱炫耀是人类天性，但也别把快乐建筑在别人痛苦之上，有报应的。

行衰运的时候

一生人流流长，总有行衰运的时候，而且正所谓“衰开有条路”，“鸟事”总是一不离二、二不离三，好像上天要考验你的忍耐能力似的。“衰运”因何而来？一是命运，二是因果。你在错误的时间和地点，遇上一位粗心大意的司机，结果被撞断了腿，这是命运。但若然因为误信股评人，买了三流公司的股票，结果赔了大钱……这就是因果，你当日的无知，导致你今日损失金钱的结果。

命运也好，因果也好，总之运势走衰时，我们该做什么？又有何妙法转运？

一、放半天假

衰运来的时候，连带心情亦差，勉强工作也做不出好成绩，不如告半天假，放松心情，在 Cafe 慢条斯理、优哉游哉喝杯咖啡，放空脑袋，又或找个朋友诉诉苦，即使运气尚未转好，但心情改善，人变快乐了，好运自然也跟着来了。

二、做运动

做运动好处很多，能维持脑内荷尔蒙平衡，稳定情绪；行背运时，冷静很重要，人越是处于低潮，越会气急败坏，就越容易犯更多错误，恶性循环，运气只会越来越差，所以做做运动，流一身汗，让心情平静下来是非常重要的。

三、写文章

把那些不好的事、烦心的事，统统写出来。懂创作的，甚至不妨用幽默的手法，以烦恼作素材，写个笑话，也不失为一种另类的心灵治疗。人生，有许多事其实都能一笑置之的。

四、找个信仰

真的，找个宗教信仰，佛教也好，天主教、基督教也好，都是心灵的终极归宿，偶尔祈个祷，或是念一段佛经，都能令紊乱的心回复平静。笔者认识一些朋友，都在人生经历某些重大挫折或伤痛之后，开始信教（当然，不要信那些来历不明的邪教，即是一入教就叫你把银行户口的钱全转账给他那种）。人很渺小，心灵很脆弱，能够相信有一位神，愿意关爱自己，其实是一件幸福的事。即使真的太理性，无法皈依任何宗教，也请相信冥冥中有个主宰，会指引你走过人生的低谷，厄运总会过去。

若然做齐了以上四点，衰运还是来敲门，那怎么办？那就交给时间吧！一世流流长，有行衰运的日子，自然也有转好运的时候。人生仿如浪潮，有起有伏，有高有低，若然一时三刻无法转运，请耐心等待，好事总有一天会来到的。

复合型人的工作生涯

家人经常疑惑我的工作到底是什么，这问题有时连我自己也答不上来。像这个7月份我写了两份广告歌歌词、创作及制作了一首光影show音乐，监制了三间老店的纪录短片，编写了一份晚会节目流程表，写了一套微电影剧本，还有大大小小的录音工作，再要每周教授五小时音乐课，还有一堆烦人的文书工作。我的工作地点有时在公司，有时在录音室，有时在教室，有时干脆窝在家中……我写下这些绝不是炫耀我的多才多艺，而是人生不知什么时候，就慢慢变成这样了。

我大概从2000年开始在香港从事流行曲创作，幸运的我写了不少脍炙人口的歌，因此一直有相当不错的版税收入，同时亦在香港与澳门兼职教书，那几年过得相当写意：收入好、余暇时间多。但正所谓生于忧患、死于安乐，其实大部分时间我都不务正业，不是呼朋引党食饭饮酒，就是出外旅游，直至2009年左右，香港流行音乐市场严重滑落，我才把工作重心放回澳门，幸运地有很多机构及前辈给予机会，除了本行音乐创作外，我开展了许多不同类型的工作，包括舞台剧、动画、微电影、广告片、音乐会策划，甚至品牌改造……这些许许多多不同领域的工作，每次都是一个新的尝试和学习。我有些成功，有些失败，有些失败了却为我带来新的机遇，而更重要的是，我累积了多方面的才能。

我想讲的是，如果香港流行音乐市道一直向好，我很可能会一直在做相同的事。但世界变了，而且变得越来越快，今日吃香的行业，明天可能一文不值，你现在高薪厚职，未来也可能被人工智能取代。若然只有一种技能，很容易被社会淘汰，唯有能不停转换跑道的人，才可适应新时代。我其实并不勤奋，只是一直挣扎求存。你呢，你有信心未来能不被社会淘汰吗？

设计师是否一定挨穷？

曾听过一个冷笑话，说在华人父母心目中，除了医生、律师、会计师之外，其他所有工作都是不务正业。可能是由于中国人几千年来饥荒、战乱等颠沛流离的记忆深植于基因之中，因此寻求一份收入高而稳定的工作，被视为人生第一目标。而在澳门街，人人梦寐以求的工作，当然就是政府工了；考到政府工，你便是人生胜利组，至于能否发挥才华，有没有满足感，甚至乎活得是否开心，可能都并不在考虑之列。

若然你的志愿并非那么安全，譬如想成为一位品牌设计师、导演又或者音乐人，走一条不一样的道路，但同时梦想与金钱要两者兼得，又该如何？

第一，文创人士要考虑作品的商业价值。试举例，你帮某企业设计商标，新商标令企业的生意额大幅增长，那表示你的设计具备商业价值，叫价也能三级跳；但若然你设计的商标很漂亮，但无法令企业生意有所成长，那就表示你的作品只具备艺术价值，而没有商业价值。又譬如你是音乐创作人，作品在YouTube的点击率够高，卡拉OK、演唱会有人唱，那你就可以领取高额版税。当然讲很简单，做到方是难事，但首要记住作品“不只要做得好，更要受欢迎”。

第二，积极发展外地市场。毕竟澳门市场太小，养活不了太多文创人，开拓外地市场非常重要。当然人生路不熟，如何走出去是一大难题，政府在当中可担任“推手”的角色，将有能力的电影人、音乐人、设计人介绍予更多海内外的文创公司。最初的阶段，机会比收益重要，就正如超级市场会有试食一样，用家试过产品够好，下次就会自掏腰包。政府能多帮忙在海内外多搞“试食会”，让更多澳门文创人才及产品受外界认识，继而，受欢迎的人或产品加码支持，不受欢迎的则再检讨策略。如此运作，必定对业界大有帮助。世上好工不止几种，做文创也不一定挨穷，但切记走对方向就是了。

说话的艺术

我在十七岁时曾于澳大读过一年预科，并加入辩论队，每日练习如何分析问题、提出理据，再趾高气扬地击败对手，但直到出来社会后才发觉，辩赢别人，只是逞了一时之快，不等于对方口服心服，更严重者会得失朋友或气走客户。明白这道理后，无论日常与工作，我已极少运用所谓“辩论技巧”，反而开始学习另一种说话艺术，这套语言技巧，说穿了就是如何能不伤人地表达自己意见，继而令对方按自己意愿行动。在此姑且分作三式。第一式叫“以彼之道、还施彼身”。试举例；公司员工提出了一个现实中无法执行的计划，与其说“你这方法不行的，一定失败”这种话去令人难堪，倒不如说：“这计划创意甚佳！但执行上我有些不明白之处，譬如这个那个，实际上应如何操作呢？”从而慢慢引导员工，去发现自己计划的不足之处。

第二式“软中带硬、绵里藏针”。譬如有客户迟迟拖欠费用，与其说：“你什么时候找数？我找律师告你！”倒不如心平气和：“最近大环境不好，贵公司依然生意滔滔，真是厉害！难怪大家都尊称您做业界的大哥！……”吹捧几句后，才提醒对方还款，一般对方都会不好意思再拖，能讨回应得酬劳又继续保持良好合作关系，需要婉转中见强硬。

第三式“至爱一出、莫敢不从”。你的懒散丈夫每日工余只懂在家上网打机，不做运动、肚腩越来越大，千万别说“你这死鬼！还不做运动！小心爆血管”，倒不如讲：“好好做运动，十年后女儿结婚，你陪她行红地毡的时候，一定比现在更fit！”用他所珍视的事物去鼓励他，使其对未来生出美好憧憬，更能令他积极行动，比恐吓强得多，即使无效，也起码不损害双方感情。

但当然也有一种人，敬酒不吃吃罚酒，好说话他听不懂，给他下台阶也不见，那就直接叫他滚蛋吧，再加六字粗口，对这种烂人而言，粗言秽语就是最适用的说话了。

资产还是负债?

生意人A数年前在黄金地段，租下二千英尺单位作办公室，更豪花过百万做装修。那时生意畅旺，商机处处，富丽堂皇的办公室就像公司的名片，让客户对公司产生高度信任度，也愿意支付更昂贵费用。因此即使租金不便宜，但亮丽的办公室仍能对企业产生正面效益，并带来更多财富，因此可将其定义为此企业的“资产”。

到现在生意惨淡，裁员过半，根本用不着二千英尺的地方，客户也大幅减少，但生意人A仍要每月支付高昂的租金，此时的办公室，则成了企业的“负债”。

所以何谓资产和负债，有时并无一条明确界线，随着形势转变，资产会变负债，反之亦然。近年澳门经济不景气，不少做生意的朋友都为此烦恼：铺位、员工等都从资产变负债，一刀切当然干净利落，但过去投放的金钱和努力则化作流水，而且当一日经济回暖，生意亦难以回复过去规模。所以“To be or not to be”，哪种选择才正确？除了看眼光，还得看天意。

其实我们人生拥有的一切事物，都有可能从资产变负债。譬如女性拥有美貌，能在事业或爱情上拥有更好机遇，那“美貌”当然是资产，但随着时间流逝，女士为保持其美貌在各种整形、化妆品上作巨额花费，那就变成“负债”了。相反例子亦有，某日本男性自小喜爱收藏游戏卡，所花不菲，还要经常作各种维护和保养，多年来被批评为玩物丧志，但后来其游戏卡疯狂升值，日男也因此致富，这就是负债变资产了。至于生儿育女，俗语有云“一身儿女债”，养育一个孩子据闻要花费四百万，那当然是“负债”，但在过程中所得到的爱与快乐，又该如何定价？值一千还是一亿？是赚还是蚀？至于日渐褪色的梦想、爱情和友情，当慢慢变成你人生中的债务时，我们又有否足够的狠心去进行止蚀？断舍离一件旧衣服容易，放弃一个旧梦却是很困难的。

这么近、那么远

大概在去年，某教育机构邀请我到珠海讲授音乐课程，由于地点离澳门不远，负责人也声称可用广东话授课，于是我便一口答应。然后呢，然后就来到了翻天覆地的2020年，世界一切停顿，珠海的教育机构暂停营运，直到近期澳门与内地恢复通关，这项迟来的工作才开始进行。

由于有朋友驾车接送，一过关，汽车奔驰在珠海的高速公路之上，由于在澳门闭关了九个月，忽然看到了不同的风景，简直像囚犯重获自由，几乎要感动落泪。马路上车辆不多，不需十五分钟就已到达教学地点，看看四周，与澳门根本是近在咫尺嘛，连我所居住的大厦也差点能望到。

终于到达上课时间，学生们认真而有礼，但问题是有部分听不懂粤语，我唯有硬着头皮用普通话授课。幸好早在三个月前已积极学习普通话，也庆幸遇上了一位好老师，现在说得虽仍不算流畅，总算能让人听得明白。令我较为不适应的，反而是与学生之间文化上的差异，譬如要求学生们找一些歌曲解释“音程”结构，他们举的例子是《没有共产党，就没有新中国》《军港之夜》又或是腾格尔的《天堂》，尽是一些我不熟悉甚至从没听过的歌曲，有一位从内蒙古移居到珠海的女学生问：“老师您没听过《天堂》吗？这歌很火的。”我苦笑摇头，反问她有没有听过 *Shall we talk*，这歌也曾经在香港很红。内蒙古女孩笑着摇头。

两个半小时的课堂顺利结束，学生们送我到中心门口，问我第一次到内地讲课是否习惯，我思考良久，认真回答：“是否习惯，可能需要时间去印证。譬如上课前我吃了一碟很辣的水煮牛肉，我的味蕾可能会慢慢适应，也可能不会，我也可能会慢慢喜欢上《军港之夜》这类歌曲，但也可能不会，一切还有待时间验证。”学生们相视而笑，似懂非懂。我遥望不远处的澳门观光塔，离这里似乎很近，也似乎很远。

雨天的回忆

整个6、7月都在下雨，而且雨势既急且大，本来还是蓝天白云，忽然之间就乌云密布，大雨滂沱。笔者在澳门生活多年，没有印象试过连续下雨这么长时间的。大概这又是地球暖化的恶果，北极的冰山融解，总要找机会变为雨水落下来的。

小时候很喜欢下雨，因为雨天可以撑伞，也可以穿水鞋，路上一见水洼，就拚命踩下去，水花四溅，裤子当然脏得不像话，晚上也少不免受父母一顿骂。喜欢下雨，还有另一个原因，就是有借口不回家吃饭，孩子喜欢新鲜，可以跟同学们在外吃午餐，似乎是一件又酷又很像大人会做的事。

关于雨天的记忆很多，兴奋的、失落的，甚至恐怖的都有：数年前有一晚在水塘跑步，忽然狂风暴雨，路也看不清，人却忽然兴奋莫名，一边跑一边乱叫乱唱，旁观者一定以为我是精神病患，那是一种无法用言语表达的狂喜，大概有相同经历的人才会明白。又有一次，发生在多年之前，那时刚踏足唱片行业，满怀希望拿着自己的作品，到香港的唱片公司敲门，忘了带伞，淋得一身湿，又冷又饿在唱片公司苦等了五小时，依然没人接见，最后悻悻然回家。今日回想，那种失落又气愤的感觉，依然清晰。

还有一次发生在两年前，那次乘飞机到高雄公干，刚好遇着三号风球，雷雨交加。飞机起飞三分钟后已感觉不对劲，机身摇晃极为剧烈，我和身边乘客都紧抓着扶手，有女人和小孩甚至哭了出来。更精彩还在后头，望向窗外，一条闪电居然劈在机翼之上（上网查资料方知道这其实相当常见，但当时我是吓破了胆）！飞机突然急促攀升，感觉跟坐过山车无异……最后当然平安无事，但当时自觉与死亡非常接近，还暗暗祈祷起来呢。

即使下雨会带来诸多不便，我还是喜欢雨天，尤其在晚上，听着雨声入眠，是生命中最美好的事之一，所以，我还是期望今晚会下雨。

灵感消失的一天

现在是2017年5月27日，星期六晚上九点，明天便要交稿到《澳门日报·新园地》版，可是，直到此刻还想不到有什么题材好写。一年总有这么几天，大脑完全停摆，混混沌沌，但是，不负责任地脱稿有违我的做人原则，那唯有再努力点寻找写作题材。到哪里找灵感呢？首先到脸书上逛一逛，这两天最多人转载的，是特朗普与教宗的合照，照片中教宗脸色阴沉，传媒经常嘲讽特朗普不是惹怒女人，就是弄哭小孩，这次似乎连教宗都冒犯了。有了！今次文章就写特朗普吧！但是，写真实人物要花大量时间做资料搜集，此刻的我却身心俱疲，唉，唯有作罢。再看看脸书上有什么其他题材，似乎无线电视剧《不会撒娇的女人》也挺热门的，可惜的是，我一集也没有看过，对这题材也没兴趣，我个人是比较喜欢女人会撒娇的。

一转眼，已是晚上十点，依然没有灵感，忽然想起最近买了美国的经典剧集《老友记》（*Friends*）全套，也许重温一下，灵感就会来了，继而可以飞快完成文章。

现在已是星期日凌晨一点，一连看了六集《老友记》，依然找不到写作题材！脑袋比之前更加迷糊，缪斯女神今日完全离弃了我。大家对创作人经常有许多过于浪漫的想象，以为我们都能轻而易举写下作品，灵感如泉涌，下笔有神助。这当然不是事实，咬着笔老半天一句歌词也想不出的事，时有发生。会影响创作的还包括压力、坏情绪以及疾病，而这些事经常一不离二，工作多时压力便大，坏情绪紧跟着来，继而像胃痛、感冒等症状便一并出现。几年前试过连续一周高烧不退，刚好有几首歌在同一周要处理，结果居然在四十度高烧、迷迷糊糊之下完成所有工作。现在回想起来，仍感到相当自豪，居然能在如此恶劣的身体状况下，依时完成工作。相比之下，一时的灵感枯竭，只是小事。灵感嘛，要找的话总能找到，若无论如何都找不到的话，就哀号一下没灵感之苦，也是个好题材！标题就叫《灵感消失的一天》好了。

香港印象

我对香港的印象，源于麦当劳的汉堡包。

80 年代澳门还没有麦当劳，但我们却能透过香港电视节目，看到有关麦当劳的广告；麦当劳叔叔、汉堡神偷对小孩自有无穷吸引力。家里同住的阿姨，每过半年就到香港旅游购物，回来必送我一份麦当劳作“手信”，那份冷了、干了的汉堡和薯条，就是至高无上的美味。孙悟空偷吃蟠桃的滋味大概亦不过如此。那年代有套日本动画《IQ 博士》，对幼小的我而言，澳门就是动画中的“天神村”，纯朴但落后，而香港就是那个高大上的先进城市，代表富裕与文明的乌托邦。

然后又过了几年，有机会亲身到香港旅游，感觉又自不同。真的就如电视上所见，香港的马路更阔，人更多，建筑物更高更大，你置身其中，会深刻感受到人的渺小，从尖沙咀海旁望向对岸的灯火辉煌，会感到自己不过是尘埃般的存在，微不足道。

又过了十多年，我如愿以偿地在香港工作，甚至还闯出了点名堂，香港对我而言不再是高不可攀的海市蜃楼。有好几年要每周过香港一到两次，那时年轻气盛不懂事，会独个儿到高级餐厅吃一顿两千元的饭，倒不觉得特别美味，只为了扮演一下我眼中“香港精英”的样子。

时间匆匆过去，香港唱片市道越加衰落，我亲眼见证了某些大型唱片公司，由最贵地段的写字大楼，慢慢搬到旧区的工厂大厦。东方之珠的光芒也慢慢消退，这很明显体现在港人的衣着上，以前即使搭一程地铁，也会碰到不少人打扮得光鲜亮丽、时尚有型，慢慢大家都随便了、不在意了，毕竟吃饭比形象重要。

但论到对香港印象最深刻的一次经历，是2019年反送中后，我到九龙何文田处理一项工作，完工后乘车到旺角，透过车窗玻璃望向马路，只见战壕般的满目疮痍，石壆上喷满口号，有些示威堵路用的障碍物仍未清除。

当晚我还参加一个颁奖礼兼晚宴，宴会中有同业忽然高呼口号，有人激动附和，也有人低头沉默。而我只感到一阵迷惘：迷惘在我毕竟只是一个过客，无论他们赞成什么或反对什么，我都无法真确地感受或者理解，就像那场宴会一样，我是客，散席就离去。

再来就是漫长的三年疫情，香港的朋友与工作伙伴，一个接一个地离开，移民到英国或美加，我在WhatsApp上、脸书的留言区上，写下了许多次："珍重！""一路平安。""大家保持联络。""再见。"有位曾经是许多红歌手的大监制，转换跑道经营一间乐器店，经常在脸书分享他遇上"奥客"的趣事，其荒诞不经不时让我哈哈大笑。还有从网络上得知，某间我过去常光顾的餐厅结业了，取而代之是两餸饭的饭堂……是的，香港一直在变，但不管高低起跌，依然坚韧地求存。

今年春节假期，我带着太太和儿女到香港探望一个老朋友，这是我三年来首次踏足香港，乘金巴经港珠澳大桥到口岸，再转车到荃湾，这三年来，我不时想象自己重回香港时的情境和情绪，我会兴奋大叫吗？会感触落泪吗？原来都没有，心情平静得不可思议。街上景象也没什么翻天覆地的变化，当然多了些我从未见过的食肆与商店，港人也跟澳门人一样，外出都戴着口罩，除此之外，一切如常。

与朋友会合后，我们两家人，成人跟小孩共八人一起乘船到马湾，那艘仿造的诺亚方舟还在，只是更老旧了。我们漫无目的地流连到某个沙滩，大人们聊天，小孩玩沙戏水，谈起这几年的际遇，以及已离开的人，我与老友有时大笑，有时叹息。沙滩的风很大，于是我们躲到附近商场，一推开大门就望到麦当劳。我笑了，想起从前那个远道送来的汉堡包，对于香港，我最初、最渴望的不过只是个汉堡包而已。

一生在旅行

一个人旅行的好与坏

一个人还是一班人去旅行好？在我而言两者皆可，一班人热闹，一个人则可以随心所欲。记得大约十年前，我被某位没义气的朋友爽约，结果一个人拿着背包流落到柬埔寨，那该是笔者独自旅游初体验，居然十分享受，从此上瘾，差不多每年总要找个机会出外走走。一个人旅行有什么好？下面跟大家数一数：

一、可以静下心来，思索一下平日忙揾食没空想的问题，譬如生存有何意义？宇宙的起源是什么之类的哲学性蠢问题。

二、什么也不想，完全地放空。

三、不用跟别人分房，也不用跟别人争厕所，在酒店房内大声放屁也无所谓……当然你住的是六人一房的 hostel 则另当别论。

四、喜欢吃什么就吃什么，不用顾虑对方怕不怕辣，走不走青，食物会否太咸太油……

五、喜欢做什么就做什么。譬如我到台湾，会到二轮影院一次过补看二三套之前未看的电影。有人觉得旅行做这种事是浪费时间，我则认为是最松弛神经的事。

六、不必与任何人交谈，让嘴巴彻底休息。

当然凡事有好有坏，一个人旅行也有许多缺点：

一、一个人乘计程车相对昂贵。

二、很难一个人去吃烧肉或火锅，因为一个人吃不了多少，而且别人三五成群兴高采烈地吃，你一个人孤孤单单地吃，旅行时最好别做这种事，很容易感怀身世继而做傻事。

三、万一在旅途中病倒了，只可自己喂自己吃药，或自己倒水给自己喝，这时候你会极希望有个旅伴在旁，不管是谁都好，因为病的时候人总是很软弱。

四、当一个人旅行太久，兴奋就会减少，寂寞则会加剧，你很想找人说话，并且开始跟 7-11 收银员、计程车司机或餐厅侍应热心地攀谈起来，当地人会怀疑你是精神病患者或者骗徒。

五、看到壮丽的景色，没人与你一起惊叹，吃到可口的食物，也没人一同分享。

当然，决定一个人旅行与否，最重要还要看个性是否适合，若你是一刻也无法安静下来的那种人，那一人旅行还是免了。

三个大叔去大阪

我和几个好朋友，相识了二十年，过去大家每周见面三四次，成家立室后，工作繁重了，家庭责任大了，见面时间就越来越少，由一月一聚，慢慢变成数月一聚，所以大家约好，每年要一起去一次旅行，地点不是重点，重点是一年一次抛下工作和家庭，轰轰烈烈、大饮大食个痛快。

这次我们选择了大阪，来大阪循例要到“固力果”打一打卡，但心斋桥一带现今已是人山人海，到处是游客，连到桥上跟固力果来张自拍也要排队，吃饭也是处处满座。结果随便找了间居酒屋，价钱贵，食物难吃，服务员更对我们爱理不理，其实现在日本年轻一辈的服务员，见到中国人态度都有点敌视和猜疑，这已是常态，到日本（或其他地方）旅游要习惯。由于首天的旅游运欠佳，而我也有工作未完成，WhatsApp 和 WeChat 一直未停过，心情无法放松，总觉得第一天有点被浪费掉了。

第二天我们租车出发到和歌山黑潮市场，市场内有吞拿鱼解剖表演，同样是人山人海，食物也贵，但吃到了非常美味的“拖罗”，入口即化、油脂的甘香味在口中久久不散，总算是不枉此行。饮饱食醉，就走到附近的黑潮温泉，看着美景、浸着热汤，心情慢慢放松下来，跟友人聊起工作、家庭以及一去不复返的good old days，谈到有否觉得自己脾气比以前变差了，都说觉得。我低头望一望自己面临失控的肚腩，忽然觉得人会变的不只是身材，性格也多少会变，有些地方变好，有些地方变坏，但估计怎样变我们也依然是朋友，因为大家年纪都不小了，再找新朋友太麻烦。旅途上我们一边开车，一边不知廉耻地在大声唱起张学友和陈奕迅的歌，小朋友们应该会受不了，其实有些烦恼和感动，是要同年龄的人才会明白的。

大阪的第三天，终于到了旅程的重头戏，就是，就是！到童装店为儿女买、衣、服！三个中年大男人，居然结伴到日本买童装、奶瓶和围巾。若然我乘搭时光机返回二十年前，告诉年轻的自己有朝一日会干这种婆妈事，过去的我肯定会鄙视现在的我。以前幻想，未来会有更帅气的人生，有更多的冒险，到秘鲁垂钓食人鱼，到卡萨布兰卡听爵士乐或起码到加州海滩晒太阳，偷瞄一下比基尼美女，但都没有。最后我们就跟大多数人一样，结婚生小孩，做一份平凡的工作，过平凡的人生。假期的大冒险就是在日本商场童装部，边推手推车，边思量着孩子的衣服尺码，还要先用手机将衣服样式传给太太们过目，以免买错了回家还要挨一顿骂。

下午我们到中崎町，那是大阪的旧区，保留不少大正及江户时期的建筑，充满怀旧风情。这里游客稀少，我们随意闲晃，左邻右俚的老人家们在小声地交谈和打扫，偶尔听到乌鸦啼叫，以及列车驶过的声音，我们都不自觉地放轻脚步，生怕打扰了当地人宁静的日常，自己的心绪也跟着渐渐放松，放慢步伐、感受四周，才是真正的旅行。走累了，到附近一间平民食店吃饭，店里基本上全是本地人，老人小孩都有，人声鼎沸，觥筹交错，食物价钱只及澳门的一半，味道好上却不止一倍，服务员也友善，两杯酒下肚，我们都满足地感叹：真不想回去呀！这鱼生回澳门就吃不到了！话虽如此，但心知城市其实跟女孩一样，短暂邂逅跟过人世是两回事。日本旅游很好，但长住跟工作就未必习惯，要每日对客人九十度鞠躬我应该受不了。

饭后，我们各自抽了一根烟，其实我们都已各自戒烟好几年了，抽一根烟，算是对人生一点小小的叛逆，有如砧板上的鱼作最后的挣扎，我们还不是死鱼，依然努力地活着。

上海人的尊严

上一次到上海，已是十七八年前的事，不知是否当时走霉运，遇到的上海人都不好：傲慢、无礼、排外；那时负责一个小型音乐项目，工作人员都自顾自说上海话，完全无视我这外地人，就连到饭店吃一顿饭，店员听我普通话不流利，白眼也立即翻到半天高，所以有好一段时间，我都把上海列入最讨厌城市之首。

最近因工作原因又到上海，到埠后在街上溜达，第一印象，是上海人都穿得很体面。当然上海人爱美天下皆知，但现在又更进一步，不只衣着光鲜亮丽，而且是穿出独有的风格与品位。在外滩某间咖啡馆稍稍歇息，内里尽是衣着入时的俊男美女，我一个大叔穿着平凡不过的白色衬衫，真是自惭形秽。不只年轻人，老人家也同样注重外观，一个有趣的观察，不少上海年长男性都戴上各式棒球帽，那自然是为了遮掩稀疏的发丝了，我在中国其他城市，似乎尚未见过这种现象。

第二是上海的政治味道不浓，在中国其他城市到处悬挂的口号和标语，在上海都不常见到，富有历史感的西式建筑则随处可见，一时间竟让我有身在欧洲的错觉。还有最重要一点，上海人比从前礼貌多了，“谢谢”“不好意思”居然成了口头禅，跟十多年前有一百八十度的转变。有个从澳门到上海做展销的女孩，跟我分享了一件趣事，她在工作时遇上一个恶劣的客人，语言无礼、大吵大闹，而周遭的上海人居然立即为女孩抱不平，对恶客群起攻之。最后一个老太太还跟她赔不是："不好意思，请你不要对上海留下不好印象，我们都很礼貌，刚才那个肯定不是上海人！"我听后哈哈大笑，觉得上海人对自己的城市，还是很自傲的，这一点可是从来未变，若然有人粗鄙无礼，那就一定是从外地来的了！这样把不好的事都赖在外地人头上，来守护自己城市的声誉，虽有三分狡猾，但也有七分可爱。

南京的“先锋书店”

因公务到南京，趁空余跑了一趟“先锋书店”。“先锋书店”名声极盛，曾被英国BBC评为“全球十大最美书店”，*National Geographic* 亦将其选为“全球十大书店”。此书店由地下停车场改装而成，因此极其宏大，书店内里的白色墙上，高高悬挂一副打了灯的十字架，增添了一份庄严及神秘，所以与其说是书店，其实更像一所圣堂，即使顾客不少，但没人高谈阔论，大家都只是默默地找书、读书。话说逛书店当天南京天气异常恶劣，我带了伞还是淋了半身湿，但一踏进书店，浮躁的心情便慢慢平复，这便是一间好书店独有的氛围与魅力。

先锋书店是一片书山书海，大概澳门所有图书馆藏书加起来也有所不及。我走马看花，也发现了十多二十本非买不可的好书，不禁叹息，大家都说要进军内地，但中国人才如此多，一个作家孜孜不倦地笔耕，终其一生也只能写出半个书架的量，不红的话，转眼就被淹没在这片汪洋之中。不过，人类文明就是由每个人的微小贡献建构而成，是否成名也许并不重要，作者的思想、经验和意志，总能通过书本，传达到某个知音人心中，一代又一代地传承下去。

先锋书店就如许多内地的新派书店，会兼卖各式文创产品，以及售卖轻食饮料的咖啡茶座。我随手拿了一本刘慈欣的短篇科幻小说，边读边品尝咖啡，慢慢就陷进了故事的世界；我曾有好一段时间只买电子书，但慢慢发觉，阅读电子书，专注力非常容易被打断，反而实体书更能让人获得某种深度专注力，具有深度专注力，才能逃离“TikTok”“脸书”那个令人眼花缭乱的世界。

一小时飞快过去，到书店柜台付费，店员送上两张书店特有的书签，上面写着“大地上的异乡者”，店员问我是否从广东来，我笑笑点头，普通话的口音总会轻易出卖了我，揭露我异乡人的身份，不过，在阅读者越来越少的世界，我们这些爱书人谁不是“异乡者”呢？

喜欢台湾的二十个理由

一、台湾距离澳门很近，讨厌乘飞机的人的最佳旅行选择。

二、诚品书店！虽然澳门也有大书店，叫文化广场，坦白说，陈设跟品位和别人比较，是一个天一个地。

三、很易截计程车，澳门人，你懂的。

四、计程车司机很有礼貌……澳门人，你懂的。

五、有很多帅哥。笔者某次吃乌龙面，搓乌龙面团的几个年轻人都是大帅哥；大帅哥做厨师，简直是台剧韩剧才有的情节。若有女读者想知道该乌龙面店地址，可私信给我。

六、台湾的便利店很好逛，食品种类繁多，单单饭团就有多种口味，而且价廉物美。

七、台北近郊有很多适合儿童游玩的场所。譬如桃园区的味全埔心牧场，有大片草地可让哗鬼们自由奔跑，也可喂牛喂马。

八、物价便宜。最近台币贬值，买东西更便宜了。

九、台湾有很多很好的二轮电影院。笔者有时到台湾，可能会一天到晚待在电影院，补看之前错过了的好电影。

十、浸温泉。还有什么比在冬日黄昏浸完温泉，再喝杯小酒更宜人的事？

十一、有许多精致的咖啡馆。喝一杯黑咖啡，再加一本好书，令人浑忘了时间的存在。

十二、有很多夜市，食物多不胜数。蚵仔煎、蚵仔面线、月亮虾饼、炸鸡排、台式卤味、生煎包、麻辣烫、鸭肉羹……数着数着，肚子又饿了。

十三、牛肉面！人人皆爱日本面，笔者却至爱台式牛肉面，人间极品美味之一！（是否小时候受卡通片筋肉人洗脑了？）

十四、小笼包！

十五、胡椒饼！（怎么说来说去都是吃的？笔者你到底有多肤浅？！）

十六、怀旧。台湾有些地方，十年如一日没什么变化，甚至有点残残破破，但让人忆起昔日的澳门，某种令人怀念但一去不复返的旧情怀。

十七、台湾有太多伟大的导演：杨德昌、侯孝贤、李安、蔡明亮……笔者最初就是通过电影而认识台湾，即使现在到台湾工作或旅游，还是甩不掉某种浪漫化了的想象。

十八、台湾有太多优秀作家，他们的作品是众多文青或伪文青的精神食粮。

十九、太多优秀的流行音乐作品，陪伴笔者度过许多寂寞的岁月。

二十、爱就是爱，有时根本不用说太多理由。

四个中佬游鹿儿岛

我和 ABC 君，四人份属好友多年，我们约定过，多忙也好，每年四人都要去一趟旅行，地点时间不重要，反正都是抛开烦恼、吃吃喝喝，重温一下昔日时光。今年我们选择了鹿儿岛。

话说鹿儿岛我们是第一次来，并不是多热门的旅游地点，总觉得相比起日本其他城市，鹿儿岛有种落魄破旧的感觉。有些店铺远看以为是倒闭了，近观才知是招牌太残旧，但尚在营业，可想而知此地谈不上富裕，不过，这些都无损我们旅行的高昂兴致。第一天到埠，我们就到处搜索有什么像样的餐厅和居酒屋，看看餐牌，毫不夸张地说，价钱只到澳门同等餐厅的一半。友人 C 当年曾是导游，感叹地说二十年前带团到日本，觉得日本的物价贵得离谱，晚餐只会买个杯面躲到酒店房间吃；想不到时移世易，澳门现今物价已是亚洲之冠，到哪里旅行也觉得东西便宜。于是，我们第一晚转了三间餐厅吃饭，由刺身到串烧，再由天妇罗到和牛……疯狂地吃，放肆地喝，除了食物真的便宜又好吃，也因为是好友难得聚头。席间我们谈到了家庭的喜悦、工作的无奈以及对衰老的恐惧，一边畅谈一边畅饮，仿佛生命中许多不如意，都可以随着一杯酒被干掉。我们吃喝得犹如士兵到战场赴死前的最后晚餐，不过我们的敌人却是生命中的不安与挫折，明知旅程结束后要回归现实，正如士兵最终要返回战场，但就疯狂多一晚（或几晚）吧，这是我们应得的。

第二天我们坐船去看樱岛火山。樱岛火山是一座活火山，每年喷发数百次，我们坐轮船过海，风很冷很大，但也令宿醉减退了些。看到远处有一艘潜艇半露出海面，这还是我人生中第一次看到潜艇。

终于到达樱岛，其实不过是个荒芜小岛，除了火山，就只有几个游人稀少的博物馆与观景台。我们游岛的那日天阴多云，不算是看风景的好日子，樱岛也不是个值得推介的好景点，幸好一班损友，沿途不停讲一些低俗笑话，让本应沉闷的旅程笑声不断。有人说，交友宜找一些气质高雅的、学识渊博的，我倒觉得幽默风趣的更好，生活中许多无聊乏味，跟朋友一起笑一笑就挨过了。我们一直期待火山爆发，可惜最后都没有，只是隐隐约约有些轻烟飘到云层深处（我们乘飞机回澳那天却喷发了，只好叹句无缘）。

回到鹿儿岛本岛，发觉四周有许多穿和服的年轻女孩，原来是成人日将至。所谓成人日，就是当年满二十岁，就会举行成人礼仪式，并颁发证书一张，表示少男少女从此变为成年人，以后必须独立生活及担负起社会责任。看着这班充满朝气的异国少男少女，眼神中满是兴奋与期待，真是羡慕又郁闷，我们也曾是充满梦想的少年呀！然后青春不知不觉地溜走，责任越来越大，令人兴奋的事越来越少，看看我们这班中佬，眼里尽是疲乏与无聊。友人 A 忽然拨打手机跟家人视像，看到孩子他笑得很高兴，我也在一旁笑了，想起这种男人的旅行，原本是为了逃离刻板的家庭生活，回味一下年少时的放浪，但其实心底深处，我们并不想逃，也逃不了，家庭早已是生活的重心，我们的成人礼早已完成，更期待子女们未来举行他们的成人礼，我们的冒险，就由他们去延续吧！

执笔之时，正是新冠肺炎肆虐，被困家中已一个星期，好多往来港澳的航班都已停航。很庆幸我们之前去了这趟旅行，生命中很多事都不是必然的，好朋友能聚就聚，能旅行就旅行，人生中各种意外何时降临，谁知道呢？

在奥克兰海滩过圣诞

现在是2017年12月25日圣诞节早上十时，我正在奥克兰Mission Bay海滩上，无所事事。阳光很毒烈，四周是小孩子打闹的声音、婴儿啼哭的声音，邻近是当地毛利人在谈笑及喝酒联谊。这次来新西兰，主要是探望太太的朋友，结果便老老嫩嫩圣诞节到沙滩野餐。其实我理想中的假期，是在某个无人海滩上看看书、晒晒太阳，结果却是六七个小孩在我身旁不停跑来跑去，有个男孩老爱在我耳边咆吼，另一个未懂说话的小女孩，则不停拿故事书给我，是想要我说故事吗？我不知道。

现在是2017年12月25日圣诞节中午一时，我仍然在奥克兰Mission Bay海滩上。太阳比刚才更猛烈了，小孩也越来越吵了，他们都是朋友的朋友的孩子，不能斥责，带来的书看不下去，唯有开罐啤酒大口喝起来。阳光加上酒精，让我有点精神恍惚，想起之前跟好友A说过，今年要在奥克兰过圣诞。他不怀好意地贼笑，说奥克兰有许多美女，叫我小心。我说那是奥克兰，不是乌克兰，请快回中学重读地理。现在更加可以放心了，原来奥克兰只有小孩，没有美女。

现在是2017年12月25日圣诞节下午四时，小孩玩倦了，有些就在树荫下沙滩布上睡着了，四周也静了下来，天空很蓝，空气隐约有一股草香及海水咸味。忽然惊觉，我原来整天也未看过电话，没查看过WhatsApp、Wechat或者Facebook，原来就在小孩的吵闹声中，我悄悄把这些压力根源都放下了。朋友的母亲在细数移民新西兰的好处，她说人一生辛勤工作，为的是什么？还不是舒适的居住环境。与其在澳门营营役役，不如早移民早享受。我有点心动，每日在沙滩喝喝啤酒，照顾小孩，应该也是不错的人生，但也有可能在六十岁的某个圣诞节下午，忽然后悔虚掷了二十年光阴。人生只有一次，行哪一条路都有难度，选择过哪一种人生都有遗憾。我在奥克兰海滩边喝啤酒边想这个问题。

奇怪的食物

9月到成都公干，晚上跟同事吃饭，觉得食物既油且辣，并不合广东人口味，偶尔来个四川麻辣火锅是过瘾的，吃多了则肠胃难受。

话说成都人嗜吃兔肉，成都打卡热点“宽窄巷子”，有一店铺专卖风干兔肉，广告语为“没有一只兔子，能活着离开成都”，非常黑色幽默。确实不少成都餐馆以兔肉作肴，四川人尤其嗜食兔头，不斩件、不切片，整个兔子头原只奉上，眼睛部分是两个黑黑的洞，再加下面两颗向前伸出的龅牙，活像个行将就木的枯干老头，正茫然若失地望着你。港澳女孩看见只怕不尖叫也难。笔者对各种奇怪食物，接受能力算高，毕竟什么有趣事物都尝试一下，才不枉在人世间走一遭。兔头的样子古怪，但味道其实不俗，我们可以大啖鸭头，对兔头又何以存在偏见了？究竟是兔兔生前模样太可爱，还是死后卖相太恶心？

谈到奇珍异食，我十多年前到金边旅游，曾尝过一种叫粪金龟的虫子，其味像果仁，行为则像个勤奋的搬运工，专门把其他动物的粪便滚成球状。粪金龟是益虫，据美国生物科学研究所报告表示，屎壳郎为美国的养牛业每年节省3.8亿美元的粪便清理费用，只要忘了它“以屎尿为食”就成。还有次到首尔吃“活章鱼”，章鱼被切成碎条后，仍像虫一样不停蠕动，放进口里，章鱼腿上的吸盘会吸在食客嘴巴上，质感和味道都像橡皮筋，就是没有味道，除非为了追求新鲜刺激，否则并不推荐。

还有一次，在北京的路边摊吃了一只炸海星，味道也不甚佳，我浅尝几口即弃。身边朋友努力吃完整只，结果第二天上吐下泻，大概跟海星无关，但跟街头小食不卫生有关。近年自己比较不敢乱试食物。但总觉得，许多人惧怕某些食物，纯粹因为偏见或者伪善。牛也为人类服务，长得也可爱呀！但相比吃牛，食兔子、龚金龟其实比较没有罪恶感，也环保得多呢！

怀念越南牛肉粉

我是天生的面痴，从小爱吃粉面，不爱吃米饭，基本上各地的粉面都爱吃：台湾的牛肉面、日本的拉面、越南的牛肉汤河粉、四川的担担面、广东的云吞面、马来西亚的叻沙……全部都爱，到外地旅游如不吃上一碗当地著名粉面，等于入宝山而空手回，非常浪费。

一碗面的好坏，汤底占五成，面质占三成，其他都是次要。吃一碗面，要有步骤，有程序，第一当然是先喝一口汤，让汤的鲜甜，经喉舌渗透至五内，大忌是一开始便没头没脑加大匙辣椒酱、豉油和醋等，汤的味道如何，有水准的店家早已分毫不差地调校好，无端白事添盐加醋只会破坏原味。汤喝过后，面就要趁热吃，千万不要等，覆个讯息或玩完个手机游戏再吃，面质已变。尤其是广东面条，汤浸久了就会发涨，弹牙不再。有次与朋友光顾某知名面店，面到了，朋友足足花了五分钟覆短讯才起筷。我暗叹一口气，觉得都市人真是暴殄天物，浪费好好一碗面。

世上粉面有林林总总，本人至爱是越南牛肉粉。当年在多伦多留学，经常光顾一间叫“发发”的越南牛肉粉店，牛肉粉分大、中、小，大的那种有面盆般大，三个人分也吃不完，一般只有外国人或我们这种穷留学生才吃（当然是数人分食一碗），许多年过去，仍然对那碗牛肉粉念念不忘。数年前特别为了吃牛肉粉到越南河内去，吃遍了大街小巷，果然是汤汁鲜甜，粉质爽滑。但不知为何，始终总觉得不如在加拿大吃的美味。忽然，我领悟了一件事：我们喜爱及怀念一样食物，不一定是那食物如何美味，而是怀念当年吃食物时所吹过的一阵风、看过的风景，以及在身旁插科打诨的朋友和牵过手的人，我怀念的不只是食物，而是初恋的味道；我怀念的不只是食物，而是一去不返的青春。所以，人生有些事就如面条一样，不能等，要趁热品尝，时间一过，就吃不回那味道了。

文创如何改造台北老街？

到台北旅游，如果厌倦了西门町、台北车站等热门地段，就不妨转移阵地，到比较老旧的地区如中山区一游，可能会有意想不到的惊喜。

笔者上周到台北四天三夜，此行主要是想了解一下，台北市是如何以文创之力，让迪化街重现光彩？或者先稍稍解释，迪化街是台北最古老的地段，南北货、布市与药商的频繁交易，令其成为当年台北最兴盛的地段，直至70年代方才趋向没落。台北市政府近十多年推动都市再生前进计划，既保留了旧有建筑风貌，亦运用了新的文创设计作包装，令迪化街重现生机，商业活动亦回复到一定规模。

将老街重新包装，说来容易，真正实行却有难度，主要问题是改头换面的时候，该变的是什么？该留的又是什么？老街就像一个风韵犹存的熟妇人，若强行要穿潮牌扮潮童，效果肯定不伦不类，拉面皮打Botox，结果亦可能非常冒险。所以，关键是化一个新妆也好，穿一件新衣也好，都必须符合其原有气质。为迪化街商铺进行翻新的文创业者，都深明这个道理，当中有三点很重要：

第一，“新旧融合、不着痕迹”

商铺重新装潢所用的物料，主要都是木材、砖石以及布料，与迪化街纯朴、怀旧的氛围并无冲突，甚至连招牌字体的设计，都刻意保留那份古旧的味道。要知道迪化街的每间商铺，处处都是历史，刻意求新，反而会失去原味。就以迪化商圈附近的森高砂咖啡馆为例，笔者就曾进内品尝咖啡，不只外观依旧保留三十年代的建筑特色，内里陈设包括吧台和桌椅等，都刻意重现那份怀旧味道，吧台旁的红砖墙及天花的旧横梁，亦被保留下来。而更有不少商铺，是既保留原有特色，又加入了新设计人的巧思，譬如水果店“丰味果品”，店内墙上画上了细腻的壁画，画的内容却又是关于旧时代商贩的景象，这就是刚才提到的“新旧融合、不着痕迹”，要做到新旧融合已不容易，能够做到不着痕迹，就是高手了。

第二，“讲老故事、创新行销”

有人会问，老商铺买卖货品，与讲故事有何关系？当然大有关系，附带故事的商品可卖一百元，没故事的商品却只能卖十元。就以迪化街“丰味果品”为例，老板郭纪舟擅长用包装艺术品的手法去贩卖水果，方法之一，就是向消费者传达农民的故事。譬如在卖文旦（近似柚子的水果）的柜子侧，就有“种文旦养大孩子的陈玉兰”的牌子，上有五十字关于农民陈玉兰的小故事。其他每款水果旁皆立有不同农民的故事牌。所以，顾客所买的不只是一个石榴或芒果，而是一份感动，甚至生命中的宝贵一课。笔者在店内参观之时，就有母亲苦口婆心教诲小女儿要尊重食物。“丰味果品”卖的是高端水果，售价亦较昂贵，但当看完故事，想想农民付出的血汗，忽然觉得二百元台币一个芒果，都相当便宜。又譬如另一间贩售肥皂的“大春炼皂”，店内就有长长的品牌故事解说：“‘民国’三十九年，在大稻埕。李水土先生，毕生都以保护环境。人与地，共生，共存，为做人处世的原则……”单是第一段文字，就点出了“大春炼皂”有着其他沐浴产品所没有的历史厚度，也借着品牌故事，暗示了产品的天然、纯正与环保，的确高明。若然没有历史故事的宣传，现今的消费者身娇肉贵，才不敢把来历不明的肥皂随便涂在身上呢！

第三，“创意无限、不拘一格”

迪化街自古以来皆以贩售干货为主，但今时今日，乌鱼子干、芒果干对年轻一代恐怕吸引力有限，区内就有不少新派咖啡馆，开设于老建筑之中，由装修到菜式都相当有创意。笔者在某咖啡馆品尝咖啡，配的却是小小一碟的江浙菜式，东西方截然不同的食物碰撞极有火花。除了餐厅与咖啡室，现在已经有越来越多具创意的商铺进驻此区，譬如展示及售卖乐高（LEGO）产品的“歪楼积木艺术空间”，就以乐高砌出台湾各处新旧建筑，包括 101 大楼、万年百货，皆活灵活现。

现代人贪新忘旧，老区不活化，就会被时代所遗忘，但只要不断注入新创意、新思维，老街老铺，依然是充满魅力的。

日本便利店的魔力

圣诞假期笔者一家人到东京旅游，心情雀跃。东京是个极具魅力的城市，它是人类文明发展的极致，也是潮流文化的尖端。记得十多二十年前首次踏足东京，只觉每个角落都充满新奇事物，由自动贩卖机到便利店，从服装到动漫，无一不令人瞪目结舌。那年代的澳门，连一间七仔都没有呢！

当然这十多年，许多亚洲城市都急起直追，中国急速发展，韩国也超越日本，成为亚洲潮流文化中心。不过日本总有其过人之处，譬如便利店，澳门也有，但跟日本一比，就只有在后面吃尘的份儿。日本的便利店，各式各样商品琳琅满目，由冷饮到热饮，从零食到正餐，只要你要求不太高，一间family mart能满足你九成的生活所需。更重要的是便宜，一个饭团，售价不过葡币十元，一个合味道杯面，价钱也在二十元内，而且便利店食物的口味，似乎更受年轻人及儿童的欢迎。我七岁的女儿，带她去吃什么寿司鱼生都兴趣缺缺，一天吵着要去便利店。我估计经营者真的做过许多研究，什么才最适合年轻人口味。女儿有日在便利店买了一袋日本薯片，吃了两片后心满意足地说:“我有便利店就够了，其他都不想吃。”我心头一震，如果价格低廉的便利店，已能满足年轻人的基本需求，那似乎真的可以颠覆上一代人的生活模式：不用每天八小时工作，打打零工，赚取最基本收入，衣食住行在便利店解决即可，其他时间只干自己喜欢的事，或干脆什么都不做，这不就是躺平吗？原来躺平的创造条件，居然就是价廉物美的便利店。反正这一代人，各种欲望越来越少，不想结婚也不想养育子女，那何必还要像上一代人那么辛勤工作？这当中其实没有是非对错，只是时代转变了，而始作俑者之一，居然就是便利店，而便利店正是人类文明发展的必然结果，最便利、最省钱，最后带来最佛系的一代。

昆明之旅

早前笔者一家人到昆明旅游，皆因大人小孩，都困在澳门太久了，想出外透一透气。那时疫情还比较缓和，Omicoron尚未肆虐，但旅途中已出现不少波折。说到底，一日新冠仍在，我们都无法百分百安心出游。

我们从广州乘飞机到云南大理，岂知一到埠，就被海关截停，说来自港澳地区人士不能入境。我大吃一惊！明明半个月前才有澳门朋友到大理旅游，怎么忽然说变就变？我跟关员争辩澳门没疫情，属低风险地区，何以不能入境？结果得到回复这是大理内部政策，想入境就须隔离七日。我们争辩不过，唯有致电长居大理的朋友求救，朋友打电话到大理防控中心，果有其事。正当我们一筹莫展之际，朋友再来电说昆明准许入境！我们问关员该如何出发到昆明，关员说我们自己截一辆计程车到高铁站，再乘车到昆明就可以了。我暗想怎么政策如此严格，但执行又这样儿戏？若我们自己离开机场，乘计程车在大理到处游玩，又有谁晓得？但想归想，最后还是乖乖转乘高铁，到达昆明已是晚上八时，又累又饿，赶紧召唤“滴滴”到酒店。发现酒店也极严谨，核酸证明左查右查，表格填了又填，还要每个人拍照作记录。当然非常时期，我们也完全理解和配合。扰攘了约四十五分钟，晚饭后回到酒店，小孩子们已累极倒头就睡，旅程第一天基本上就被浪费掉。

第二天我们出发到昆明动物园，由于带着孩子，无论到什么地方旅游，总有一站会到动物园的。门票不贵，四个人不过一百元左右。昆明动物园最有趣之处，就是许多动物都能喂！上至长颈鹿，下至河马都能，一盆喂饲长颈鹿的树叶，承惠人民币二十大元，孩子们喂个不亦乐乎，转眼就吃掉五六盆，比门票还贵。后来发现昆明许多景点都是如此，许多看的玩的，都要额外收费，说“坑钱”可能有点太过，但昆明人在赚游客钱这方面，确是“精刮”得很。

有些人不喜云南菜，觉得精致度不及苏浙，论个性又比不上川菜，但我们一家在昆明，几顿饭却吃得非常惬意，最主要还在一个“鲜”字。其中一间叫“云海肴”的餐馆，以吃河鲜闻名：一条河鱼，切成数段，未烹煮呈至食客桌上，鱼身仍微微颤动，倒入上汤后即掩上藤盖，数分钟后即可食用，鱼肉中有一层丰厚脂肪，鲜甜无比，比港澳酒家惯吃的海鱼美味十倍。河鲜之外，尚有“山珍”，昆明的野菌也有名：松茸、鸡枞、竹荪……数不胜数，爽、脆、香、嫩，一口咬下，溢出满满汤汁，味道比肉类更浓郁。

除了吃，当然也要游景点。我们包了一台车，载我们到昆明近郊的九乡与石林。沿途所见车辆不多，司机说昆明受疫情影响，经济大受打击，店铺倒了一间又一间。我感慨地回应他，澳门何尝不是如此？经一个半小时到达九乡，偌大的景区除我们与工作人员外，几乎空无一人。儿子与女儿却大感兴奋，到处蹦蹦跳跳，大小钟乳洞间回荡着他们嬉闹之声。下山时要搭乘高空缆车，同样地，一列列缆车只有我们乘坐，能在中国景点如此“包场”游览，若非疫情肆虐，只怕永远无法体验得到。我们紧接着到石林，游客较九乡稍多，女儿总要跑到有其他旅客出现的地方，说只有我们太寂寞了，我也唯有苦笑着尾随她。石林处处皆是奇岩怪石，大人小孩都啧啧称奇，深感此行不虚。

旅程最后一天，我们早上到医院做核酸检查，发现已排了长长人龙。我心中泛起不祥之感，一问才知昆明一天前疫情暴发，刚启动了全民核检。到我们检验完正要离开，就被医护人员截停，说旅客们在报告出来前不能离院，我们纵使不情愿也无法抗命，结果足足在医院逗留了七个小时！走出医院时天色已黑，一天的时光就这样被白白浪费掉。

昆明之旅纵然波折不少，但美妙时光亦有许多，至于是否要冒这个风险，在疫情期间旅游，大家就要自行斟酌了。

杭州印象

上周到杭州公干，短留了三天。这是我人生中第三次到杭州：第一次是十岁左右随父母旅游，我依稀记得曾坐船游了一趟西湖，在船上吃了个甜美的桃子；第二次是跟随某社团到杭州考察，但时间短，走马看花，印象不深；所以这次到杭州，特别留多点时间，静静观察一下这个历史名城。

杭州给我的第一印象，是街道干净，人也斯文有礼，到餐厅吃饭，顾客都是安安静静，没人大声喧哗，不同于中国许多城市的浮躁吵闹。我到一所平民化的兰州拉面店吃午餐，场内居然播放着内地及台湾独立音乐人的作品，选曲还颇有品位，食客们衣着清爽干净，一边吃面，一边安静地划手机，令我错觉自己是置身在 Starbucks 之中。

内地朋友抽空带我到景点清河坊街一游。清河坊在古时候是杭州最繁华的地段，现在依然是老字号林立，张小泉、保和堂、状元馆等都是名店，可惜我对剪刀和中成药都兴趣缺缺。幸好周边有不少小食店铺，有一家卖的是蟹黄汤包，以一支吸管饮包内的汤，卖相有趣，味道却一般。逛累了到某咖啡店歇歇脚，咖啡居然甚有水准。同行友人学识渊博，与我谈了许多有关《西游记》的隐秘内涵，包括玉皇大帝与如来的权力斗争，悟空及唐僧师徒的五行象征，等等。在杭州古城区，品咖啡，论西游，也算是人生一大快事。

最后一天，我漫无目的地到处游荡，无意中走到一间“晓风书屋”，店名来自宋代词人柳永《雨霖铃》里的一句：“杨柳岸、晓风残月。”店内装潢古典雅致，当中放了不少丰子恺的漫画，画的多是40年代杭州的小市民面貌，充满童趣。我随手翻着丰子恺的漫画，遥想起许多古往今来曾与此地有缘的文人雅士，他们会喜欢今日的杭州吗？我觉得杭州算是优雅而内敛的，曾以艺术歌颂此城的艺术家们，九泉之下应可感到安慰。

没有一只兔子能活着离开成都

如果有外国人第一次来中国旅游，要我介绍一个城市，我大概会推荐成都：市容美观，交通便捷，中西餐厅都不缺；繁华，但没有上海那种傲慢；热闹，而不像广州般躁动。2021年我曾因工作到访过一次，走马看花地逛过太古里和宽窄巷子。今次一家四口再来，纯粹玩乐放松，感觉又是不同。

我们落脚在春熙路附近的酒店，在酒店安顿好行李后，下楼到春熙路到处闲逛。春熙路是成都最繁华、最贵的地段，满街都是人，也分不清哪些是本地人，哪些是游客。儿子发现了一间专卖兔肉的店铺，啧啧称奇。成都人出了名爱吃兔子，上次到成都发现一间兔肉专卖店，广告标语是“没有一只兔子能活着离开成都”，而且都嗜吃兔头。儿子不敢吃兔子头，只买了兔腿。小女儿则大呼小叫：“兔子这么可爱，怎么能吃兔兔？”差点没哭起来，但见哥哥吃得有滋有味，忍不住也偷尝了一口。吃兔肉对小孩而言，也算是一种文化冲击吧？我不鼓励也不反对，杀生本无高低正邪之分，随他们自己决定。

由于时间已近黄昏，决定只在太古里闲逛。成都太古里是由千年古刹大慈寺及六座古建筑的地段活化而成。像这类由旧街老巷改头换面的，集名店、食肆及文化艺术于一身的旅游景点，中国几乎每座城市都有，但商业味太浓厚的会俗，只有文化艺术的又会没人流。成都太古里两方面平衡得不错，商业与品位兼备，古今中西共融。中国古建筑内有LV名店，LV名店门前又有日本设计大师草间弥生的展览，难得摆放在一起也不违和。

晚上我们在一间新疆餐厅用膳，又是小孩子们未尝过的口味。我点了手抓羊肉、新疆馕饼、辣凉粉、烤羊肉串等。儿子经常吹嘘自己能吃辣，爱吃辣，年轻人不知天高地厚，必须教训！我决定每一顿饭都点一样辣味菜式给他，四川麻辣火锅则留在压轴。

那新疆餐厅的辣凉粉，辣度只算轻微，大儿子轻易过关，然后不断挑动六岁的妹妹也要尝一口。太太劝女儿别中"激将法"，小女儿却忍不下这口气，拚命吃了几口，辣得不断呼气和喝开水。我则全程冷眼旁观，笑而不语，真是一个称职的好父亲。

第二天我们来到成都著名景点"宽窄巷子"。宽窄巷子是由清朝遗留下的古街道，同样也被改建为商业步行街，今年五一假期，人流量也突破了十万人次。我们到访那天游人也甚多，而且大部分都不戴口罩了，我们"入乡随俗"，也摘下口罩，抱着感染一下病毒和细菌，能促进免疫力的大无畏精神，边走边乱吃街头小食。逛累了，正好一间品茶店的员工不停向游客兜揽生意，说既可品茶又有变脸、川剧可看。我们刚好要找地方歇脚，便买门票入场了，一人盛惠一百元人民币。入场后，才发现茶要另外付费，花生小食什么都要另外加钱。小孩子也吵着要喝汽水和吃这个那个，肉随砧板上，也唯有照付，感觉自己额头刻着"羊牯"两字。各项表演只属不过不失，最精彩的却在后头，工作人员忽然拿出一大批书法、字画进来，这幅和那幅是什么名师所画，底价多少，居然搞起拍卖行来了！实在受不了我们决定离场，也没怎么影响心情。在国内旅行难免会堕入这种陷阱，反正已亏了钱亏了时间，千万别连好心情都亏了。

回程时我们买了参观都江堰和熊猫保育基地的团票，由于路程较远，又横跨两个点，跟随地方旅游团比较简单。第二天早上七点就出发。都江堰是秦朝蜀郡太守李冰，为治理岷江水患而修建的大型水利工程，是历史有名的治水壮举，少了它，四川也难以成为天府之国。但小孩不懂工程的重要性，也无意发思古之幽情，只不断叫嚷："什么时候看熊猫？什么时候看熊猫？"吵到我都几乎想从都江堰投江自尽。

好不容易来到"成都熊猫繁育研究基地"，旅客之多，简直"触目惊心"，我深切体会到何谓"报复式旅游"。幸好导游英明，带领我们左穿右插，避开最汹涌的人潮，否则熊猫未看到，人已被踩扁，特别是园区那只网红熊猫"花花"，排队看它的人龙足足五十米长。女儿问"花花"是否长得很可爱，我说一点也不可爱，模样挺丑的。为免受排两小时队的苦，我对小孩说谎，眼睛也不眨一下。不过，也许是水土的原因，成都的熊猫确实比较活泼好动，东跑西跑，碰这个摸那个的，跟澳门那些呈半昏睡状态的大有区别，终于体会到熊猫的真正魅力，可爱得连我也想给它一个"熊抱"了。

晚上七点回到成都市区，是时候来一餐正宗四川麻辣火锅，真正的麻辣锅讲究"香、辣、麻、鲜"，汤底要辣麻平衡，香气能扑面而来，最重要是食材新鲜。我们光顾的叫"重庆大萱火锅"，水准不错。点了一份鸳鸯锅，太太与女儿吃不辣的，我和儿子则吃辣的，结果才二十分钟他已举手投降，吹嘘自己能吃辣的少年终于受到教训，嘴唇肿胀如两片香肠，少不免要被我奚落一番。

来到成都，岂能不到访“三星堆博物馆”？三星堆的发现，震惊全世界，奇特在出土的古物，跟以往中国各地所发掘到的，大为不同。馆中所见，不论面具、权杖和神树等，皆与黄河流域发展的中华文化大相径庭，反倒更像是古埃及、巴比伦的产物。我们一向自称炎黄子孙，但又有谁能知道真正史实是怎样？也许中华民族的历史，与我们自小受教育的并不一样。

回到澳门，我问孩子们整个行程哪里最好玩，他们居然异口同声回答是“太古里”。我不禁莞尔，当然知道是因为太古里最繁华，澳门长大的孩子最能接受并适应这种都市面貌，他们敢吃兔肉，但要他们在穷乡僻壤里吃又是另一回事，旅游也是培养适应力的一种方法，一步一步来吧。

异乡的中国人

由于祖父和父亲是泰国华侨，因此一直对华人下南洋的历史很感兴趣，那是中国人悲惨凄凉的血泪史，也是展现坚韧不拔民族性的奋斗史。我在泰国、新加坡、马来西亚都有参观过当地华人历史博物馆，对于中国人当年远渡重洋、漂泊异乡的故事，除了叹息，还有叹服。

华人迁居南洋，早在明朝郑和下西洋已开始，但并不普遍，直到太平天国反清，才真正掀起了第一波华人大迁徙。不少中国人或自愿或被诱拐到南洋，这些出国的劳工都会签约，称为契约华工，俗称卖猪仔。交易猪仔的地方俗称猪仔馆，当年澳门19世纪时期亦是人口贩卖中心，圣安多尼教堂与大三巴牌坊之间更是猪仔馆林立，最高峰曾达三百多间。华工一旦签订契约后，不久便会由水路被贩运至东南亚等地。数百人在船上只有屈膝而坐的空间，卫生条件极度恶劣，航行期间还会遇上风浪及海盗，不少猪仔还未有缘到达彼岸，就因疾病、饥饿或海难而葬身大海，能顺利登岸的华工，往往只有出发时的一半。幸存者在人生路不熟的国度中挣扎求存，不少人最后在异乡贫病交加而死，但也有少部分人成功发迹，衣锦还乡。即使拥有大笔财富，但华人大多受当地人排斥，许多国家都曾有过排华事件，1998年印尼便发生“黑色五月暴动”，过千当地华人被杀，商店被焚毁，妇女被轮奸，惨无人道。

华人基因中有许多有趣特质，譬如异常勤奋，这是优点。

但一体两面，中国人对累积财富的欲望同样异常强烈，有时甚至无所不用其极，在异国难免招来怨恨妒忌。而且华人即使身处外国，总是紧抱自身文化，无法真正融入。现今疫症蔓延，身处异国的华人处境比以往更艰难，如何在他乡竞争求存，但又与别国民族和平共处，真是一门大学问。

请做一个好旅客

中国人其实是很爱旅行的民族，尤其近几十年经济腾飞，人民富起来，世界各地由南极的冰川到非洲的草原，到处可见中国人的身影。各国由政府到一般市民，对中国游客都是又爱又恨，爱的是其强劲的购买力，恨的是种种不文明、不礼貌的表现。笔者也常常出外旅游，经十多年观察，觉得内地游客的质素，已是逐年进步之中：像随意“打尖”（插队）、小孩随处便溺之事已不多见。近日笔者带同家人到清迈旅游，探访夜间动物园，发觉游客八成以上都是中国人，倒没看到什么不守礼的行为。

当然，有进步不等于已达至文明水平，亦不代表就会受其他国家国民欢迎。十多年前到日本与泰国，当地的服务人员总是和蔼可亲、笑容满面，这情况现今已不复见，有部分景点甚至明文（或暗示）不欢迎中国游客。像我们到访清迈一所“世界昆虫与自然奇观博物馆”（Museum of World Insects and Natural Wonders），那是一所昆虫收藏家开设的小型博物馆，门口所贴的告示第一句就是中文“此处并不是普遍中国游客的爱好处所……”，开门的接待员不只是“面有难色”，简直是“怒容满面”，经我们再三保证会保持安静与恪守馆规后，才勉强让我们进。离开时见到一对西方男女，倒是毫无难度就被放行入馆了。我并不责怪这博物馆的管理人员，他们一定有过不少与我国游客有关的不快经历，才有如此戒心。

要做个文明旅客，其实很简单，最重要是记住“你是客人，不是大爷”。作为客人，要尊重主人，到别人家做客你不会随处乱跑，不会大声喧哗（除非是很熟的朋友），也不会在别人家桌上刻一句“陈大文到此一游”。当别人载你一程，或递上一碟食物，说一句谢谢，是基本礼貌，这不只是尊重别人，也是尊重自己。反之，不给别人面子，其实是丢了自己面子，严重一点说也是丢了国家面子，说一百次“爱国”无用，到外国干一次丢脸的事，就足以让人恨上所有中国人了。所以不论你来自内地、香港还是澳门，请学习做一个好客人。

赤子

一家人到东京旅游，我跟儿子睡一间房，才发觉他打呼声很吵，我一个晚上断断续续被吵醒好几次，人会打呼肥胖是一个主因，这小朋友就是不自律，喜欢饮汽水、吃甜食，人胖了就容易打呼。我无奈从床上坐起，昏暗中凝视他的脸良久，唇上已长出稀稀疏疏的细毛，那还不能称之为胡子，但几年后就会长出真正的胡子。我一半担心一半欣慰，这小子很快就会从小朋友蜕变成少年了，但那蜕变的过程是痛苦的，对我对他都是一个考验。

我忘了上次这样凝望他的脸是什么时候了，但肯定那时的脸还稚嫩得很，睫毛长长的，笑的时候有酒窝也有虎牙，现在酒窝还在，但换齿后虎牙不见了，而那个他已永远消失。当然再过几年我又会惋惜失去今天的他，其实人生每秒都不可重现，人与人每刻的相聚都无法复制，他渐渐成长，我慢慢老去。

叶德娴有一首歌叫《赤子》，歌词有这样几句：“一生人只一个血脉跳得那样近，而相处如同陌生，阔别却又觉得亲，一生能有几个，爱护你的也是人，正是为了深爱便遗憾。”“世界太阔了，由你出生当天起，童稚已每年渐远离。”

真是好词。

当年听这歌我还是青年，未结婚，未有子女，感受不了歌词的意涵。现在每日看着子女成长，再听此歌便感触良多，尤其是:“由你出生当天起，童稚已每年渐远离。”现在的我和他走在路上，俩人身高已相差无几，他不再牵我的手，我的称谓已由“爸爸”改为“老豆”。他眉宇之间偶尔会透出两分落寞，我对他也减少了教训和责骂，多了分享和引导。毕竟小孩子长大就要改变教育方法，而且再过两年他就要比我高了，骂一个比你高的人看来总是有点滑稽。

儿子的打呼声戛然而止，随后是几声意义不明的呢喃，嘴角上扬像是露出了一个微笑，不知是梦见喜欢的女孩子还是深爱的玩具？他这年纪还真是两者都有可能。

长途机的解闷方法

我非常讨厌乘搭长途机，在狭窄的座位中，坐十多个小时，保证睡不好，飞机餐难吃，在三万尺高空碰到强烈气流，心头还会一阵恐慌。虽然明知乘坐飞机其实非常安全，依然止不了恐惧，不同于坐船或坐车，搭飞机等于把命运完全交托到别人手里，若然真有个万一，任你懂一万种求生方法也没用。

撇除安全问题，乘搭长途机最大的问题是闷，虽然长途机有不少电影可以选择，但未必适合自己口味，所以万全之策，还是自备娱乐节目，让难挨的机舱时间，稍稍变得容易忍受。

一、下载影片：笔者通常会自备起码三套电影，最好是无须动脑的商业电影，太深奥的文艺片不宜在机上看，机舱气氛已够闷，哪有耐性看闷艺片？灾难片也不在选择之列，有次看关于劫机的影片，搞得我全程在客机上精神恍惚、疑神疑鬼。

二、小说：每次旅行，我都会带备起码一本小说，选择作家会因目的地不同而转变：到华语地区就选华人作家，到日本就挑日本作家，到欧美就拣欧美作家……如此类推，对的小说在对的地方读，趣味倍增。

三、电子游戏：在手机游戏盛行之前，笔者出外旅行偶尔会自备手携式电子游戏，游戏种类任君选择；有一款疯魔了十年的电子游戏叫《魔物猎人》，很易让人忘记时间，有时怪物还未杀尽，飞机已经降落。

四、扑克牌：有朋友同行的话，时间就更易过，玩扑克牌是其中一种方法，偶尔也会见人在飞机上“锄大D”，但此类游戏容易令人忘形，玩得越投入，声浪越扰人，而且机位狭窄，转身都不易，“聚赌”就更难，笔者并不推荐。

五、安眠药：若然看电影、读小说、电动游戏统统不爱又如何？那没办法了，唯有吞一颗安眠药，然后倒头大睡，但机位并非高床软枕，不是说睡就睡：婴儿的哭声、老人的咳嗽声、机长的广播声、遇乱流时的震动……统统令人无法安睡。不过旅行的乐趣，其实也包含了旅途中的舟车劳顿，因为搭过了令人累透的长途机，看到美丽的风景才令人倍加感动吧。

首尔之旅

上周笔者随团到首尔，作文创考察之旅。我承认自己非常落伍，居然从未踏足这片举世瞩目的潮流圣地，其实多年来一直嚷着要来韩国，但说归说，一到最后关头，总是把宝贵的假期留给了日本、泰国或其他国家。问心一句，像我们这些成长于八九十年代的，基本上没人哈韩，本人就是看日漫，听英美流行曲，看港产片长大的，眼尾也没留意过韩国，关于韩国的唯一联想，就只有高丽人参而已，所谓 Samsung、KPOP，以及林林总总偶像团队，都是千禧年后忽然爆出来的。韩国这个国家，到底因何会忽然伟大起来？我想借着这次旅行，客观、仔细地观察一下。

我们的酒店邻近东大门，东大门是购物热点，到处都是游客，听到的普通话比韩语还要多。东大门有很大的批发市场，衣服种类多，而且便宜，似乎许多都是准备外销到中国。除批发市场外，亦有较高档的百货公司，都有中文指南及广告牌，甚至聘请了中国人担任售货员。韩国似乎比笔者想象中，更加依赖中国市场。

洗手间出奇地清洁，我向来好奇，为何韩国和日本的洗手间没有异味？是否有什么秘密科技应用在厕所之上？反观澳门就不成了，为何公厕都是臭臭的？澳门政府该好好向人家请教一下，别小看了厕所，完全会影响到旅客对整个城市的观感。韩国的商场开至很晚，晚上十点依然灯火通明，许多人说韩国的售货员态度不好，幸好笔者没有碰上，遇到的店员都算礼貌热情。逛完商场，晚上到附近某间传统韩食店晚餐，点了猪肉火锅定食，外表似乎相当美味，一吃之下却颇失望，只能吃到辣椒、泡菜及豆瓣酱的味道，而且油腻。后来发现，许多韩国传统食物都是这种味道（辣椒、泡菜及豆瓣酱），广东人如笔者，要具备一副坚强的肠胃，才能承受韩国这些又辣又油的食物。个人对韩国的印象评分表中，买衣服与厕所先赢两分，饮食则要扣回一分了。

到第二天，我们先逛了首尔电影博物馆；韩国电影这二十年来，水准也是突飞猛进，完全盖过了日本及香港，像港澳台均相当叫座的《尸杀列车》，已贴近好莱坞水平。而且韩国没有内地那般严苛的政治审查制度，电影题材可以五花八门，创作人能够任意挥洒创意，对电影业发展也是一大帮助。电影馆内有许多荧幕，不停播放外地及韩国本土电影的精华片段，当中亦有不少港产片，包括《英雄本色》《天若有情》及《重庆森林》等，基本都是上世纪八九十年代的经典香港电影。馆内播放最新一套港片，是2002年的《无间道》，屈指一算，也已经是二十年前的电影了。下午则参观了“首尔市立博物馆”，内有韩国国宝级画家千镜子作品展览。当日刚巧是周六，美术馆不远处正举行咖啡市集，市集旁有音乐团队演出，水准很高，演奏小提琴那位还是美女，不过在韩国一遇到漂亮女孩，总会怀疑她是否整过容。其实街上偶然都会看到面上包着纱布的人，若无其事四处闲逛，路上行人亦视若无睹，可见整容在韩国是多么平常。继后两天，我们还参观了“首尔国立当代艺术馆”“首尔动漫中心”及“设计广场”等，韩国的艺术展览馆，人流很高，除了一般市民及游客，中小学生也一批批被送到艺术馆去。反观澳门的艺术博物馆，永远冷冷清清，也不见有学校团体带学生去参观。打开天窗说亮话，澳门从来不重视美学、设计、艺术方面的教育，这样的城市要办文创，真是难比登天。话分两头，首尔的艺术展览馆又确实比澳门的吸引人得多，他们的展馆不是单纯用眼睛去看，而是大量结合灯光、投影、音乐甚至风与气味，换言之，已不单是鉴赏艺术，而是用五感去感受艺术。

短短数天旅程过去，发觉韩国在文艺、创意许多不同领域，都获取了超凡成就，澳门只能瞠乎其后，至于韩国的文创事业何以能突然高速发展？依然是个谜，但政府的大力扶持，相对自由的政治制度，韩国人的刻苦勤劳等，大概都是主要原因吧。

驾驶的乐趣

早前到新西兰旅游，最令我难以忘怀的，不是生蚝的美味，也不是毛利人载歌载舞的喧闹，而是简简单单地，驾着车，听着心爱的歌，在大路上飞驰，那种心旷神怡、大地任纵横的感觉，真是无与伦比。

澳门，大概是全世界驾车最无趣的地方：车多路窄、交通挤塞，五六点的时间外出，经常被迫堵塞在车龙之中，即使不堵车，也只能以每小时三十公里龟速前行，气闷了、开个窗，外面是混浊无比的废气与飘扬的尘埃，而且要时刻提防，小心能随时撞扁你的发财车，也要注意神出鬼没的电单车，更要留神乱过马路、视交通灯如无物的行人。日常工作已经压力爆煲，驾车更令人神经紧张。记得十多年前，还有“游车河”这种节目。现在呢？氹仔跟澳门一样车多人多，路环空气可能比澳门区更恶劣，而且，澳门这样小，还有哪个角落没去过？还有什么新鲜感？

我理想中的驾驶环境，要具备五点：地大、路长、车少、人少、风景美。首先地方要大，一望无际，放眼望不到建筑物就最好。第二，路要长，可以踩着油门一直向前，不用转弯、也不用在一个又一个红绿灯前刹停、再刹停。第三，车要少，这个当然了，不用担心撞车，也不用迁就别人的车速，记得几年前在雪梨跟朋友早上五点由蓝山驾车到机场，路上的超级货车又多又快，我们路不熟开得慢，结果不停被响安及过线，我全程紧张得手心冒汗。第四，人要少，在澳门这种人口密度超高的城市住久了，会患上人群恐惧症，最理想的驾车场景，就是仿如丧尸片《行尸走肉》（*The Walking Dead*）一样，长长大路，不见活人（不过当然也不想见到丧尸）。最后一点，风景要美：大路旁的风景，我首选是牧场或者大海，次选是稻田或者树林，沙漠则从没有试过，不知是什么感觉，有机会一定要试试。不过，其实最重要的，是没有令人心烦之事，心一乱，什么风景也没心情看，驾驶亦容易发生危险，倒不如留在家算了。

文青游乐场

《倒转地球》的启示

早前陶大宇凭翻唱《倒转地球》再次走红，不是因为唱得好，而是其“人歌分离”，歌有歌播，人有人唱，key 对不准，拍子跟不上，当然，这是许多香港艺人到内地卖艺走秀的“正常发挥”，可以体谅。不过演唱的片段被放上网，立即惹来话题，网民跟红顶白，耻笑之声不绝。但妙在陶大宇对网民的嘲笑毫不在意，表现落落大方。于是网上的舆论也迅速逆转，由冷嘲热讽转为颂声载道。陶大宇之处变不惊固然值得一赞，也揭示了网络时代无分好坏，能引发关注就是胜利。细数一下，近十多年的网络神曲，走红原因经常是戏谑多于动听，从 PSY 的《江南 Style》，PIKOTARO 的 *PPAP*，内地的《我的滑板鞋》和《野狼 Disco》，以至几十年后重新翻 hit 的 *Never Gonna Give You up*，哪首不是从一片耻笑声中爆红的？啊！差点忘了还有“黑人抬棺”，那段纯音乐足以令人“死都弹返起”。总之，现在的音乐最紧要够 fun，悲情时代，有什么比笑一笑更重要了？

“嘢条女”不简单

香港女歌手 Serrini，本名梁嘉茵，又名嘢条女、树妮妮、陀地歌后……绰号一大堆，最近终于在香港唱出重围。其实 Serrini 在独立音乐圈早有名气，但多得 Viutv 的音乐平台，她才真正进入主流媒体，亦即所谓“入屋”。

作为独立创作歌手，Ser 的曲风其实不算偏锋，其亲自操刀的歌词也多沙石。但是，Ser 的卖点是特立独行，不拘一格，前一首明明是邪典电音，下首忽然变身 80 年代 old school canton pop，譬如《趣致的响铃》，讲的竟是有关“打边炉”的失恋情歌，用幽默手法讲表白失败之痛，是近年最玩嘢的失恋情歌，在雅与俗之间，在戏谑与认真之间，在胡说与诗意之间，这种矛盾性正是 Serrini 的魅力所在。其脸书专页也粉丝众多，帖文内容也是“骑骑呢呢”、中英夹杂。对 Serrini 不够了解的听众，可能会不知所云，构成一道文化屏障，但对其粉丝而言，这种独有语言便仿如教主圣言，是“围内人”才明白的暗语和密码，更加强了彼此的亲密感。不管这是无心插柳，还是有意为之，嘢条女都是不简单的。

《照顾者》舞台剧创作谈

由澳门剧团石头公社主办，笔者担任音乐总监、作曲及填词的剧场作品《照顾者》，上周于文化中心黑盒剧场，顺利完成了三场演出。《照顾者》一剧是关于长期及临终病患，以及照顾他们的家人之间的种种故事。主题沉重，我们在音乐及歌词上已尽可能减低煽情成分，但依然无可避免地惹人感伤，演出途中不时有观众拿纸巾抹眼泪，啜泣之声不绝，甚至歌队成员（包括我自己）也不时边哭边唱。

一个剧目成功与否，从来不是一个人的功劳，但这次的灵魂人物，非策划兼主演林咏欣莫属。林多年来向不少照顾者进行采访及录音，不少个案，单听录音已令人痛心：有照顾者为照料重病亲属而放弃事业，甚至散尽家财；也有病患因不想连累亲友，最终走上自杀一途……这些个案其实并不特殊，只是华人社会对老病死之事向来羞于启齿，传媒亦鲜少对这类问题作深入报道。其实终我们一生，谁都有机会成为照顾者，亦很大可能在人生最后阶段成为被照顾者。

我答应参与此项目，亦是受林所邀请。几年前我们合作过艺术节剧目《异色童话》及《乱世童话》，观众评价不俗，所以这次是一口答应。但到真正创作时才发觉自己茫无头绪，因为我从未当过照顾者，没有第一身感受，当然有大量采访录音可供参考，但那始终是二手体验，不够入肉。岂知过不久母亲便患上重病，人生第一次担任“照顾者”的角色（虽然时间不长，母亲从患病不足三个月便去世），并体会到其中种种复杂心情。对个人而言，这当然是坏事，但对创作而言却是好事。创作人总是要亲身体会过悲欢离合，才能转化为感动人的作品。

这次为“照顾者”写歌不同之处，就是找了几位我教导过的优秀学生一同合作，分别是胡静伦、曲尧、徐时及蔡振华，他们为此剧撰写了一曲三词，表现都非常出色。

许多剧评在谈及此剧音乐时只提到我，对我几位学生并不公平，因此特别在此表扬一下他们。我们为此剧共创作了五首歌曲，分别是《困》《七嘴八舌》《这一天，你是我女儿》《妄》以及《最后的阳光》。开场曲《困》讲的是照顾者的种种身心困扰、牺牲与失却自由。《七嘴八舌》则是关于亲朋戚友加诸照顾者身上的种种无形压力，言者无心、听者有意。《这一天，你是我女儿》则是病人与亲人的身份对调，原本由父母照顾子女，父母患病后却转由子女照料父母，就如歌词中一句：“这一年，你我突然倒转身份位置。”这是一种最深情的角色互换，《妄》的内容较沉重，谈的是重症病患经常出现的“谵妄”现象，病人会失忆、失常、出现幻觉等，有时不自控地对亲友说出许多伤人的话，对照顾者心灵造成无法痊愈的伤害。导演戴碧君于此幕，聪明地利用为亲人抹身作表达，那种夹杂着难堪、愤怒与怀念的复杂情绪，两位演员演得丝丝入扣，尤其病人忽然恢复神志并拥抱照顾者一段，笔者每次都闭目不看，否则眼泪总是决堤而下。第五首是《最后的阳光》，笔者填词时曾作出多次修改，主要考虑在剧终一曲，如何让观众带着释怀与治疗，而非悲惨的心情离场，这关系到整个剧作的终极目标：曾经或正在担任照顾者的朋友在观剧后，能多多少少得到疗愈，或重拾走下去的勇气。所以歌词如“世界只剩微尘轻烟”，最终版本就改为“过去只剩微尘轻烟”，即使故人往事化为烟尘，但世界还是美好的。

像《照顾者》这种主题，即使以剧场标准而言，还是太过缺乏商业元素，但勇气可嘉。毕竟尝试探索这种禁忌话题的作品，可算是寥寥可数。但愿尽快有重演一天，让澳门以至其他地区的观众，欣赏我们这部诚意之作。生老病死，本是自然，我们越能坦然地面对，越能离苦得乐，心灵上回复安然宁定。

《双层公寓》中镜头下的恋爱

日本真人秀《双层公寓》全球大热。六个互不认识的男女同住一屋，我 flirt 你时你又 flirt 佢，擦出复杂的爱火花。千千万万观众看得春心荡漾，网友疯狂拥入参加者的 IG，偷窥他们的一举一动，然后再肆意点评：某某是渣男、某某是 bitch 之类，人人变身心理学家——他把手靠在她膝盖上，就证明他对她有意思……诸如此类。

虽然号称没有剧本安排，但这类真人秀其实真不到哪里，即使事先真的没有剧本，也很难有人能在镜头环峙时，仍不顾形象、敞开心扉地谈恋爱。这在生物学上几乎不可能，能做到这样要不是单纯一百分，就是演技一百分。

所以，有些较受异性青睐的男角，像篮球队长田渡凌，在镜头前才会这样进退两难：若对异性的示爱随便拒绝，那就没自己的剧情线了；但若然迟迟不表态，你又变成人人都爱、犹豫不决的渣男了；但若然太过急色，像最后几集才出现的社长，又变成大众更不齿的禽兽了。所以，若想通过这节目而迅速走红，很难不承受骂名。毕竟在现实世界谈恋爱已经不易，何况在镜头之下？

《双层公寓》节目的残酷本质

上月此专栏才谈及真人秀《双层公寓》，想不到节目就因网络欺凌而引发自杀惨剧。事缘其中一位参加者，二十二岁的木村花，因受大量网民抨击而自杀身亡，由于节目广受欢迎，自杀者又是年轻名人，因而引起回响极大。再重提一下，此节目是六位陌生男女同住一屋，从而擦出爱火花的半真人秀，节目其中一个环节特别值得注意，就是由数位主持人对参加者的言行作出点评，几位主持谈吐都非常风趣惹笑，但笑点都来自对年轻人们的嘲讽与侮辱，要知道大部分参加者的人生经验有限，有时忘了身在摄影机前，真情真性地发怒、争吵、哭诉……再经过导演别有用心的剪接，“真性情”就成为主持人紧咬不放的谈资，对年轻人们肆意嘲笑，继而亦引导了网民们的攻击。这些参加者既非名人，年纪也轻，忽然面对排山倒海的仰慕与批评，很难保持理智，意志较脆弱的小花，就因此而走上绝路。参加者、主持人、导演及网民，共同制造出一出如幻似真的荒诞剧，大家在电视上看 show 后，就直接在 IG 留言谩骂，互动性与娱乐性十足，但娱乐却是建基在参加者的痛苦之上，每位观众都是节目的参加者之一，但这次我们饰演的角色叫“凶手”。

不变的周杰伦

周杰伦推出全新专辑《最伟大的作品》，万众瞩目，内地点击率极速破亿，YouTube 平台也有接近二千万浏览。周杰伦“华语乐坛王者”的称号，并非浪得虚名。

以歌论歌，主打歌《最伟大的作品》制作非常精良，由编曲至混音都是顶尖水平，歌词由黄俊郎、谢迪负责，将达利、马谛斯、孟克、梵谷等伟大画家全数入词，辞藻华丽，巧思处处。但认真思考歌词的中心思想，似乎又说不出个所以然来，论作曲，也是非常典型的周杰伦风格，hook line 好记好唱，过耳不忘，不过，计算未免太精准，太力求保险了，或者说，比以往的歌更保守。《还在流浪》《红颜如霜》等都动听，都在艺术与商业之间取得极佳平衡，但也跟过去的作品大同小异。对比一下外国的殿堂级歌手，譬如 Beatles、U2，前中后期一直有巨大的突破与变化。反观周杰伦，总觉得以他的才华，可以做得更多更好的。也许是我要求太高，在鸡蛋里挑骨头，总希望找回二十年前初听周时那种感动，那种“流行歌，原来是可以这样写”的震撼。但时代变了，我们也老了，即使歌跟以前一样好，但感觉已经不再。周杰伦没有变，是人变了。

久违的生猛日剧《全裸监督》

Netflix 原创日剧《全裸监督》（*Naked Director*）好睇。话说已好久没看过与“好睇”两字挂钩的日剧，不明白日本近年电影和电视何以越拍越烂？节奏拖拉、镜头呆滞、演技浮夸，《全》剧幸运地避过了以上缺点，而且以日本 AV 导演村西透生平作故事蓝本，本身已噱头十足。第一季故事发生于昭和年代，日本经济正欣欣向荣，咸书、AV 等也成为赚取暴利的行业，而村西透这人物有趣在他并非只追求财富，而是立志要拍摄革命性的 AV 作品（或说是性革命的作品亦可），因从事边缘行业而多次被起诉及监禁，做事不按常规，亦正亦邪。饰演他的演员山田孝之做得入木三分，而扮演传奇女优黑木香的女演员森田望智更加是光芒四射！演活了那种既高雅又放浪的特殊气质。第一季最后一集说到昭和年代结束，主角们终于挨出头来，但经济泡沫爆破后众人命运又会如何？期待第二季的后续发展。

也谈谈微辣

微辣前经理人阿晶自杀身亡一事，在网络上闹得沸沸扬扬。港澳著名 KOL、传媒以至网民，许多都已各自发表意见。主创人六毫子前日亦终于发文，宣布微辣暂停更新，各艺人可自行发展。十年经营，曾经红遍华人圈，最后受尽千夫所指而收场，殊为可惜。

此事笔者就不多加评论，反而想谈谈对此网媒的一些想法。最初认识微辣是在 2014 年，我为澳门歌手戴显阳写的一首歌曲《小愚村》，由微辣负责 MV 拍摄。那时微辣尚未大红，我也只知他们是新冒起的网络媒体。后来我们一同接受某香港传媒的访问，当时已觉六毫子谈吐不俗，思维清晰，分析力强，是大将之才。后来微辣果然受欢迎程度与日俱增，签约的艺人也越来越多，逐渐成为澳门网红界第一品牌，粉丝遍布整个华人圈。微辣拍的是笑片，有人说好笑，有人说不好笑，我个人则觉得好笑，尤其是早期作品，幽默而不落俗套，且不时有神来之笔，那应该是微辣最受赞赏的时期。

然后发展到中后期，微辣笑片的各种方程式已运用得相当纯熟，但最初那种清新和创意逐渐消失，意识形态却起了颇大变化。六毫子的人设变成了财大气粗的老板，拚命剥削小员工，其他男角的设定则几乎千篇人律，满脑子只想着如何“食女”，咸咸湿湿，女角则被物化为“sex object”，不然就是拜金女或蛮不讲理的恶妻。好笑吗？我还是能笑得出，但只觉意识上非常过时，跟八十年代王晶的《精装追女仔》系列没什么两样。当全世界都在讨论男女平权，微辣却还在物化女性，那不是过时是什么？做创作的其中一个难处，就是当你逐渐迈向成功，作品却会慢慢远离群众，这情况几乎无一例外。

但六毫子及其团队，确实有才华、有拚劲，此次虽犯了难以饶恕的过失，但若就此被判死罪，未免太过残忍，毕竟很多内情我们外人并不了解，希望他们深切反省后，还能有东山再起的一天。

人生复本

最近读了惊悚小说《人生复本》(*Dark Matter*)，故事颇有值得深思之处。主角杰森为大学教授，家庭美满，但莫名其妙被人绑架至另一个平行时空，在另一世界中主角功成名就，但却没了老婆儿子，于是由此展开“寻家”之路。但问题是平行世界有无限个，哪个才是原来的家？人生中每一个选择，都会诞生不同的平行世界：有些我们事业成功，但家庭关系一团糟；另一些家庭和睦，但事业不济默默无闻，哪个才是更好？其实我们无法知道，因为选择了一条路，即意味放弃了另一条路，而每一个选择都总有不同的幸福与遗憾。最惊悚的是主角误闯了其中一个平行宇宙，此世界受病毒肆虐，其妻子、儿子和自己都已死或即将病死，此情节可谓极具警世意义，谁说末日很远？也许是天灾，也许是人祸，活着的每一刻也值得庆幸，拥有多微小的事物也值得感恩，因为，没什么是必然的。

动画经典《进击的巨人》

疫情期间，煲剧多过煲饭，美剧韩剧煲完，终于开始追动画。首先看的是《进击的巨人》，这动画初推出时看过三四集，觉得不过尔尔，近日空闲决定再续前缘，才知自己以前不识货，差点遗漏了一套经典。论故事寓意之深远，对白之精警，情节之震撼，是生平看过动画之最。故事简介许多人都知，就是一个围城，常有巨人来袭，人类生存空间越来越小，终于决定与巨人拚死一战……初看以为卖点就是巨人如何把人类扯甩手脚再咬爆头，以血腥残酷做噱头，但作者谏山创厉害之处，就是把一个看似 C 级片剧本的故事写出了深度：面对压倒性实力的巨人，我们应该偏安一隅、委曲求存，还是拚死一搏？其中一幕，团长带领敢死队策马冲向巨人之前说的一番话饶有深意：人终须难逃一死，但我们会为逝者的人生赋予意义，到我们死后下一代又再为我们的人生赋予意义（大意）。不明白不要紧，所谓生命意义哲学家探讨了几千年也没结论，生命的尊严比较易明，不过日常也不容易看到，我们大多人只是苟且偷生的蝼蚁罢了。

反扑的小丑

DC 电影《小丑》也许未算得上伟大，但肯定非常有力量。我有不止一位朋友在观影后觉得压抑、不安甚至绝望，简直到了要急 call 心理医生的程度。一部电影达至这种效果，赢得“金狮奖”也令人心服。其中最大功臣是男主角杰昆·菲尼克斯（Joaquin Phoenix），出神入化的演技令一个性格扭曲但又悲惨的反派角色，变得有血有肉。电影中其实并无一人大奸大恶，那个被主角刺死的同公司小丑，不过是个推卸责任的“老屎忽”，罗伯特·德尼罗饰演的知名喜剧演员，最大罪名也不过是想嘲弄一下主角，即使最可恶的那几个华尔街职员，犯的也不是死罪，但就是这些一点一滴的“小恶”，慢慢将主角推向崩溃及疯狂，上位者对低下层毫无怜悯、随意践踏，而被欺凌者终有一日会反扑，继而“搅炒”一同灭亡。这部电影不是关于道德批判，而是因果循环，从来如此。

召唤死人的声音

AI 科技近年兴起，影响无远弗届，过去科幻作家想到的或想不到的，都正在一步步化为现实，这情况也同样冲击着流行文化产业。最近在 YouTube 频道，盛行 AI 孙燕姿、AI 陈奕迅和 AI 张国荣等，即是用你所熟悉歌手的声音，翻唱任何你想听的曲目，即使早已入土为安的殿堂歌神，也被“挖出来”献唱新歌。试想想，这让音乐增添了多少可能性？用罗文的声音唱 Michael Jackson，Billie holiday 唱陈蕾，甚至乎，让黄家驹献唱一曲《凤阁恩仇未了情》也无不可，歌仙歌圣们泉下有知，不知是悲是喜？

对歌迷而言，这当然不是坏事，就像到茶餐厅忽然能吃到“分子料理”：看来像橙的猪肉汤，又或外表像牛扒的雪糕等，论新奇度已值回票价（听 YouTube 还是免费的），美味与否不重要，反正一件作品不成功，很快又会出产一百件、一千件，过耳即忘、浅尝即止。有人批评，这类 AI 歌声缺乏情感，跟真人演绎差远了。其实也不全对，笔者听过某些 AI 歌曲，部分其实不差，不仔细听还以为是真人翻唱。即使这类人声模仿科技尚存有短板，但以现今科技发展之快，很快就会将小瑕疵都抹除掉。而不久的将来，不只是声音，人物影像模仿也跟着来了，将来可以找你喜欢的演员，演出你指定的任何影视作品（其实现今已能做到，只是技术上尚未完全成熟）。科技进步了，犯罪事件也必随之而来：譬如取得某人的声音和相片后，再制造其被绑架的假影片，像真程度相信连至亲也无法分辨；又或者将某人的样貌与声音，换脸到色情片的角色之中，诸如此类，都不是未来式，而是实实在在的现在进行式。

我们有办法监管 AI 科技的发展吗？似乎没有。科技逐渐步向失控似乎是必然发生的事，连死人的声音也召唤出来了，更多稀奇古怪的事情即将来临。我们活在这时代，有机会见证人类历史上的“奇异点”，真是可喜可贺。

“史提芬·金”的噩梦根源

《小丑回魂2》（IT2）娱乐性不错，差不多三小时的戏一眨眼就过，没有冷场，但问题也出自太没有冷场。由电脑特效堆砌而成的怪人怪物接踵而来，开始一小时还觉得有趣，之后便越看越乏味，整体而言比第一季差远了。其实史提芬·金（Stephen King）小说的恐怖之处，从不是来自活生生的鬼怪来追你咬你，而是某种来自久远记忆中的梦魇。譬如你小时候曾经历亲人离世或校园霸凌，这种生命中的伤痕会逐渐淡忘，但并非真正消失，久而久之便会以某种具象的怪物形态，在噩梦中继续侵扰我们。而重新追溯那些不堪回首的恐惧与悲恸，然后正视它、接受它与克服它，才是许多史提芬·金小说经常重复的母题，这些事好莱坞电影公司不会不知道的，只是为确保票房拍得住第一季，所以才猛落重药，即使明明是个美女，却化上超夸张的浓妆，结果反而不伦不类。

坚强大叔的日常

贺绫声的文章好看，初看可能稍嫌平淡，讲的多是生活琐事，与A君饭聚，B君酒局，带小孩看医生等，但读多了就发觉，有浓浓情味从字里行间散发，贺对朋友、对家人都有满满的关怀体贴。其中一篇，提到有个不算熟络的旧同学深夜来电，哭诉自己的满腹委屈，贺就傻傻地陪人家聊到清晨五点，不是大好人，又哪会做这种傻事？

可能大家年龄接近，看贺的散文分外有共鸣，他慨叹游戏机铺、漫画店的没落，我又何尝不是同样满怀感触？像我们这年纪，青春已不再，欲望仍在烧，眼看着从前所熟悉的、喜爱的事物一样一样消逝，却唯有默默接受，唯有一笑而过，还要努力追赶，别让自己被时代抛弃。偶尔看一出像《那一年，我十七》的青春电影，遥想一下初恋情人，偷偷抹一把眼泪，再跟老婆说句早晨，然后继续上路，一切照常，饮杯咖啡、喝杯小酒，吵吵嚷嚷又是新的一天。贺的文章，就是坚强大叔的日常，没什么惊天动地的伟大壮举，但自有他的趣味和魅力，懂的人自然会懂。快买下这本书，你懂的。

女人心、女人歌词

上周新生代潮学堂，举办了一场名为“十首歌词、十个女人”的歌词讲座，由我与文化人李展鹏兄以对谈形式进行。顾名思义，座谈以讨论不同类型女性的歌词为主。其实女性心理向来较男性更幽微迂回，更复杂多变，像林夕写的《钟无艳》，就有深情，有不忿，也有爱不到但始终无悔的执着。又譬如Twins的《眼红红》，描写的虽是天真直白的Puppy love，但也有经历创伤后的成长。相比之下，男人心就较为粗枝大叶，分手就分手，灌自己几瓶啤酒就是，很少从中会有所反省与觉悟。如果以物理学做比喻，女性感情世界就像量子力学，有许多无法预测，甚至神秘莫测的情况出现。但男人的感情世界，顶多就是牛顿三大定律，作用力等于反作用力罢了。

所以女歌手的歌词，要写得“中”并不容易，而不同年代也有不同写法，像70年代《啼笑因缘》大热，其中“为怕哥你变咗心，情人泪满襟”，那种为了“阿哥”患得患失、独自垂泪的凄凉，到现今时代已变为《女神》歌词中的“别降阶到流亡情海，他不过也是很小的舞台，你配有大爱”。这是理所当然，女人心本来就是时刻在变，经历了四五十年，是时候来个翻天覆地的变革了。

少年不识愁滋味？

上周欣赏了由金马奖导演张经纬执导的纪录片《少年滋味》。笔者当然已非少年，看完之后却同样是百般滋味在心头。故事从破世界纪录的万人音乐会开始，跟拍九位参与音乐会的少男少女，他们来自不同家庭，各有不同烦恼，而少年的愁，正是整部纪录片的主题。片中众人烦恼的根源，许多来自个人梦想与父母期许之间的冲突。

譬如受访者高才生 Vicky，家住半山，父母都是教师，典型的精英家庭。Vicky 盼望毕业后能修读音乐，父母（尤其是母亲）则明确表明希望她将来读医。其母在片中说："演艺事业是高风险的行业，还是当医生比较好。"另一位受访者 Angel，同样热爱音乐，但她则是自己先行放弃梦想："觉得实现不了的梦想，说出来也没有意思。"另一位只有十岁的受访者 Nicole，则是那种不知玩乐为何物，日夜备受催谷的精英儿童，才十岁已考获八级钢琴证书，当然许多家长强迫子女学乐器是以功利角度出发，Nicole 似乎也不例外，在片中就抱怨觉得很累，没有时间休息，只得十岁的她，说话相当老成，在片中说了极为发人深省的一句话："自由就是选择，即使是奴隶，也有仰望天空的自由。"总之她本人肯定对失去自由，有很深体会。

香港是个不快乐的城市：高度竞争、人口密集、居住环境狭小，片中的少男少女似乎都不甚快乐，笑容不多，访问时哭起来则有一个，少年的父母们也不见得快乐，不是在拚命催谷子女成才，就是忧心忡忡子女将来无法成才，但最后不论成不成才也好，大人小孩也好，总之大家都不快乐。上一辈的人，人生目标相对单纯，就是找份高薪厚职，有稳定收入，但这是否也是新世代年轻人的梦想？有哪位家长用心听过孩子们的心底话？没错，少年们可能是天真的，未必清楚世道艰难，但强硬的家长们，扪心自问，其实又有谁真的可以肯定，哪条道路可以令子女通往幸福？我推荐所有家长去看这部纪录片，然后反思一下，就在未有更多少年从高楼跳下来之前。

“尚气”与流行文化的威力

最近由漫威（Marvel）推出的超级英雄电影《尚气与十环传奇》（*Shang-chi and the legend of ten rings*）意外地在全球叫好叫座。这电影是首部由华裔担任主角的超英电影，欧美电影其实不常出现亚洲脸孔，担演主角则更少。漫威这次愿意落重本豪赌，当然是为了中国的庞大市场，可惜现在内地却上映无期，究竟是电影中哪部分触犯了禁忌？至今依然是个谜。

无论如何，出现一部由华裔担任主角的超级英雄电影，对提升华人在西方社会的形象，或至少减轻对亚裔的歧视，肯定有帮助。当然有人质疑，不过是一部电影，怎会有如斯影响力？大家千万别低估流行文化的威力，就以笔者为例，二三十年来看好莱坞电影长大，电影中的苏联或俄罗斯人往往被塑造成奸角，而我们也潜移默化地觉得美国是好人，俄罗斯是坏蛋，这种刻板的二分法在美苏冷战期间最为明显。兰保（Rambo）在越南杀得血流成河，却没人会怪罪他，因为与主角敌对的，理所当然都该死。

直至今时今日，中国已成美国最大死敌，但却鲜少有好莱坞电影以中国人作歹角，原因当然也是钱作怪：谁奸谁忠事小，票房失利事大，天下熙熙，皆为利来，天下攘攘，皆为利往。就以“尚气”为例，若成功塑造一个华裔英雄，单单在中国的票房收益、周边产品等，起码就以数十亿美元计算，漫威的生意经确是既狠且准。

然而，若“尚气”最终无法在中国上映，漫威固然赚少许多，而对中国而言，亦非好事。好莱坞若最终发觉中国市场很难进入，或根本无利可图的话，那以后就无须客气，中国人在好莱坞的形象，只怕就有如80年代的苏联人或千禧年后的中东人，不是恶棍，就是恐怖分子，而生活在其他国家的华人，只怕日子会更不易过。要知道，会深入了解一个民族的智者很少，普罗大众都是误以电影世界为真实世界的。

庙街歌王

每年12月底到1月头，便是香港乐坛派发成绩表之时，哪个歌手红或不红，人气直冲天花板还是跌落冷板凳，到此时就一清二楚。话说香港资深歌手尹光，去年有网民利用AI，将其声音置入其他歌手的歌曲中，由于效果爆笑，火速受到网民追捧，其唱片公司也乘胜追击，推出新歌*Dear Myself*，同样大受好评。一时间尹光翻红，广告不断，以一位七十九岁老牌歌手而言，情况非常罕见。

但结果却是今年叱咤颁奖礼，尹光坐足几个钟“食白果”，连十大推介歌曲也拿不到，笔者在电视机前也心有戚戚然。以歌论歌，*Dear Myself*曲词编唱都上乘，传唱度也高，即使尹光无缘最受欢迎男歌手，歌曲赢得十大也合情合理。不过，不同颁奖礼自有不同游戏规则，公不公平就看你从什么角度看了。

谈谈尹光生平，他本是越南人，后因越战爆发，于1969年偷渡至香港。由于早年曾于越南唱大戏，来港后亦以唱歌为生，不过演唱地点却是夜总会及舞厅，这也奠定了尹光的歌曲风格，粗鄙俚俗、诙谐幽默，没错，尹光的歌从来是鱼蛋牛杂:《荷里活大酒店》《雪姑七友》《数波波》《一个黏胶线的少年》《你阿妈大减价》……单看歌名已知难登大雅之堂。但鄙俗归鄙俗，却代表了往昔香港市井市民的心态。譬如《一个黏胶线的少年》中的歌词其中几句:“佢叫志华，喺胶厂工作，成日一早番工厂，勤力到痹，分秒工作，纵使超时没嗟叹。”不难听出歌中讲的是香港首富李嘉诚。那个时代，香港人还相信勤力就能发达，即使不发达，也起码有出头一天，跟现今笼罩香港社会的悲观情绪有很大分别。

正如尹光在访问所言，很多人看不起他唱这些鄙俗歌曲，但看不起归看不起，有什么歌手能在市场屹立接近六十年，年近八十依然又唱又跳？而且他一直跟上时代步伐，不断尝试新事物，又 RAP 又 AI，如此一位传奇歌手，传媒不给他颁奖，历史也会还他公道的。

张无忌的三种结局

近日电视在播放大陆新拍的《倚天屠龙记》，剧拍得差，我挨了几集就放弃，反而重看了一遍原著。年轻时看金庸，并不特别喜欢《倚天屠龙记》，主要是对男主角张无忌不抱好感，觉得他为人温温吞吞，论潇洒远逊令狐冲，英雄气概则拍马追不上乔峰。到现在再读，居然另有一番体会，觉得张无忌虽则没什么个性、优柔寡断，但其实更像现实社会中的你我他，金庸其实写活了一个大时代中的平凡人。

张无忌能成为明教教主，一来是武功高，二来是因缘际会，此人其实既无兴趣，亦无能力当领袖，不够奸亦不够狠，最后中了朱元璋计，黯然退下教主之位，其实是意料中事。阅毕全书后我胡思乱想，张的下半生会如何？能有哪些可能的结局？由于金庸没有写明，但可以推测得到：第一种是壮烈牺牲，朱元璋登位后大肆屠杀明教旧人，张无忌身为前教主肯定无法例外，即使武功盖世，但有勇无谋，更无防人之心，悲剧结局可以预期。第二种结局是隐姓埋名、行医济世，张除了武功高，医术亦高，人亦慈悲为怀，做医生其实非常适合，但医术高到他这地步，只怕太易出位，朝廷的追杀还是逃不了。最后一种是避世海外，最好是地图上找不到，或很难找到的，他小时候和谢逊一起居住的冰火岛就是个好地点，他住惯住熟应该不难适应。但他的两个老婆（就当他最后周芷若和赵敏都娶了）就应该住不惯，我一向认为赵和周是金庸小说中，两个极不可爱亦极不讨好的女角，二人都机心重、权欲大，与张的性格完全相反，要这两人跟无忌哥哥到荒岛生活，只怕很难快乐，走佬机会很大。所以，三种结局都不是好结局，这给了我们什么启示？第一就是不要随便玩政治当领袖，后果可能很严重。第二是太厉害的女人不要碰，因为即使朝廷不追杀你，厉害女人都会玩死你。

从《花木兰》到围堵中国

迪士尼（Disney）大片《花木兰》，即将于7月在美国上映（当然前提是疫情不再恶化），此片原先映期是3月，但因病毒肆虐而一拖再拖，作为演员刘亦菲首部进军好莱坞的大片，可谓一波三折。

《花木兰》拍摄金额达二亿美元，属A级制作，迪士尼一向无宝不落，巨额投资自然有其道理。首先此片是九八年动画的真人重拍版，近年迪士尼陆续将旗下热门动画，包括《狮子王》（*The lion king*）、《仙履奇缘》（*Cinderella*）以及《亚拉丁》（*Aladdin*）等翻拍，每一出都大收旺场，其中《狮子王》全球票房更高达十三亿美元，估计《花木兰》卖座也不会差。其次当然是看好中国的庞大市场，原先估计单在内地就能拿下十亿人民币，所以该是稳赚不赔。但世事往往出人意料，一场疫情打乱所有计划，即使电影能如期上映，但由于避免群集、消费意愿低迷等，都肯定对票房大有影响。而更重要一点，是新冠疫情暴发后，中国被许多国家所孤立及排斥，而且不单是国与国的政治纠纷，而是延伸至中国公民、中国文化皆受针对，这点大概亦出乎投资者估计之外。

早前著名电影、电视评论平台IMDB，有大批网民拥至《花木兰》栏目下给予电影负评，结果《花木兰》评分低至三点几分（十分为满分）。问题是电影根本并未正式公映，评分明显是冲着电影的中国演员及故事背景，而非电影质素。虽然最后 IMDB 将评分删除，但到电影正式公映，肯定仍会有人借负评表达不满。而全球大热的“抖音”，早前在印度亦同样遭到网民攻击，纷纷给予一星评价。在电子游戏方面，中国玩家受杯葛及围攻，亦几乎成为常态。由此可见，中国现在面临的不单是外交战、经济战及金融战，在其他领域同样烽烟四起，疫情之后要如何与各国和解，似乎是一大难题。即使不主动和解，也不要自己先点起火头，否则战场如此多，再多一百个武艺高强的花木兰，也解决不了。

从黑洞到叶问

2019年4月10日科学家团队发布了人类史上首张黑洞相片，本来纯属科学理论的黑洞忽然有了真实凭据。其实好莱坞对有关题材一直乐此不疲，《星际效应》（*Interstellar*）科幻中夹杂温情，几年前上映很卖座。廿年前还有一套科幻恐怖片叫《异煞》（*Event Horizon*），幽灵在冷冰冰的太空船中神出鬼没，效果亦佳。但2016年另有一套惊悚片叫 *The black hole*，IMDB评分只有2.8分，垃圾程度可想而知。有时电影的创意无非是不同元素拼贴起来，有些成功有些失败，科幻加温情、科幻加恐怖都有了，如果科幻加武打，有无得诠？叶问下一集大概可以在外太空一个打十个。

悼念配乐大师 Ennio Morricone

著名意大利音乐家颜尼欧·莫利克奈（Ennio Morricone）于 7 月 6 日逝世，享年九十一岁，他在好莱坞可是个响当当的大人物，曾为超过五百部电影及电视写过配乐:《海上钢琴师》《天堂电影院》《义胆雄心》等著名配乐都出自他手笔。

笔者拥有十多张他的配乐专辑，其中三四张是听到烂熟的程度，我小时候可是会关上房门，闭着眼一边听一边扮指挥（没错，就像日剧《不能结婚的男人》中阿部宽那样），自我陶醉一番。到现在依然觉得他是电影史上最伟大的作曲家，没有之一；更是写旋律的天才，用几个音符就能击中你的泪腺，*Nuovo Cinema Paradiso* 结尾若没有他的音乐，感动效果肯定大打折扣。

我人生其中一件憾事，就是二十多岁时到意大利旅游，刚好 Ennio Morricone 在罗马举行音乐会，因为嫌票价太贵没去（好像欧元 180），结果后悔至今。有些人有些事，错过了就是错过了。我居然为了节省那区区一千多澳门元，而错失千载难逢的机会，真是愚不可及。今日大师长逝，美妙音乐只能在网上重温了。

政治正确的 *Green Book*（《绿簿奇缘》）

今年奥斯卡最佳影片由 *Green Book*（港译《绿簿奇缘》）夺得，可谓非常意料中事。近年奥斯卡的赛果越来越易贴中，只要电影拍得不太差，而故事主题涉及以下其中一项——种族平权或为性小众发声，即有机会斩获大奖，不信？*Green Book* 中的天才音乐家 Don Shirley，既是受歧视的有色人种，亦是同性恋者。去年的最佳影片 *The Shape of Water* 讲人兽恋呀！还不是性小众？2016 年的最佳影片 *Moonlight* 主角同样是黑人同志……现实中越受压迫，颁奖台上更光芒四射，要拿小金人一个，先学识政治正确。

武侠之死

最近在重看金庸的《笑傲江湖》《天龙八部》和《鹿鼎记》，虽然已重读过起码十多次，但依然津津有味。笔者是个重度武侠小说迷，自少年时代开始便是，拜读过的作家包括金庸、古龙、卧龙生、还珠楼主、温瑞安、乔靖夫、徐行、王健、黄鹰、黄易……真是数也数不尽。

这些作家的作品，都曾是笔者的心头好、枕边书。其实我猜没什么男性会不喜欢武侠小说的，所谓武侠世界，根本就是男人浪漫的极致：武功高强、行侠仗义，不用工作但又不愁吃喝，还有身边总被美女包围……你说，这是不是所有男士的终极梦想？

当然，这是以最浅薄、最庸俗的角度去分析，武侠小说当然不只是雄性动物的白日梦，还有许多值得探究的深度与内涵。

最早期的武侠小说，可追溯至汉初《史记》有关游侠与刺客的传记。战国时期的权贵们，都各自养了不少食客，武艺高强，常为报知遇之恩而进行种种刺杀活动，这时期的侠士其实比较像日本古时候的武士。到明代《水浒传》式的武侠又有所不同，是所谓“侠以武犯禁”：即是在是非颠倒的黑暗时代，武艺高强的侠士挺身与朝廷作对，救黎民百姓于水火。到了近代，武侠小说又再分了许多不同派别，有的加入奇幻（如黄易）、有的加入侦探推理（如古龙），连科幻元素的都有（如张草），可谓各师各法，五花八门，但类型即使有别，道德价值却雷同，就是维护正义。

但何谓正，何谓邪？在武侠小说的世界中，十之八九朝廷是邪，侠士是正，若然朝廷不坏，侠士们却勾心斗角、争权夺利又会怎样？金庸的封笔之作《鹿鼎记》向读者抛出了这样一个问号。结果在黑白难辨的世界，传统英雄的意志无法贯彻，真侠士如陈近南郁郁而终，只有韦小宝一类古惑仔才如鱼得水、四方通杀。武侠小说发展至此，其世界观与价值观已被全盘颠覆，这大概也是金庸不得不封笔的缘故。大宗师封笔，武侠小说的巅峰同样一去不复返，逐步走向衰落了。

在香港七八十年代，武侠片曾雄霸了整个电视圈，《射雕英雄传》《神雕侠侣》《天龙八部》《楚留香》等，每一套都是经典之作，也间接捧红了不少电视和电影界的明星。当提到杨过时，人们总会想起刘德华，说到韦小宝，脑子里自然浮现出梁朝伟的样子，小说里的人物形象简直与真人合二为一。还有香港的漫画行业与武侠小说亦息息相关，黄玉郎早期的薄装港漫如《龙虎门》《如来神掌》等，武功招式大部分来自武侠小说，《如来神掌》到中期更毫不客气把《绝代双骄》的剧情，挪用到故事之中（除更改了角色名字）。其他作品如马荣成的《风云》、冯志明的《刀剑笑》，故事模式都离不开武侠小说的既定方程式：正邪大战、复仇、争夺武林秘笈、比武争夺天下第一等，大概所有武侠小说迷，都能随便写几个故事大纲出来。

但是，近十年武侠片忽然不再吃香，你试想想，有多久没再看到翻拍古龙小说的武侠电视剧了？我们有多久没再看到新一代的楚留香和陆小凤，叶孤城和西门吹雪？啊！其实是有的，就在周星驰的《大内密探零零发》中，风流倜傥的大侠变成了甩皮甩骨的大叔，英雄变成了被嘲讽、被揶揄的人物形象。是什么造成了这种改变？笔者认为，其中一个原因是时代变了，大部分的武侠小说（尤其是古龙的），都充满大男人沙文主义的味道，女性不过是大侠们的附庸品或花瓶角色。而在女权抬头，由女性掌控电视遥控的今时今日，那种“兄弟如手足，女人如衣服”的价值观，已明显地不合时宜，亦绝不受到女性观众欢迎。现时的电视剧方程式是与武侠小说那一套完全背道而驰，女主角才是剧中的灵魂人物（如武媚娘），都把身旁的男角玩得团团转。

简单而言，现时的电视剧都是为满足女性观众而拍的，不管你是古代的大侠，还是外国的詹姆斯·邦德，在现今这个世代，都已被严禁左拥右抱，因为这种举动是无法获取女士欢心的。男性威权与武侠小说向来息息相关，武侠小说的式微，其实也印证着现今的男性威风不再了。

漫画英雄如何称霸全球?

最近 Marvel 超级漫画英雄电影《美国队长 3：内战》上映，又再掀起一股热潮，戏院门外大排长龙，预测全球票房将突破十亿美元，到 Marvel Movie 网站搜索一下，发觉自 1998 年至今，各类改编自 Marvel 漫画英雄人物的电影（包括由漫威自家公司拍摄或出售版权予其他公司），已接近四十部：《美国队长》系列、《蜘蛛侠》系列、《X Men》系列、《钢铁侠》系列、《复仇者》系列、《幽灵刺客》系列……多不胜数，十多年来，商业票房上绝少失手，另一美漫巨头 D.C.Comics 声势稍逊于 Marvel，但旗下的《蝙蝠侠》及《超人》系列也广受欢迎，两大公司近年更染指电视圈，《夜魔侠》《闪电侠》等也长居电视十大最高收视位置。

美式漫画英雄到底有何魔力？其改编电影因何广受全球欢迎？第一是极强劲的宣传攻势，此类电影，宣传费用以上亿美元作单位，电视、杂志、网络皆无孔不入，此类电影，你可以不感兴趣，但不能不看！否则与朋辈间便没有话题。其二是漫画多年来积累了大批死忠粉丝，粉丝们在社交平台卖力地为电影造势，也是电影长卖长有的原因之一。

其实关于神力、异能英雄的故事，无论大人小孩都爱看，许多大美国主义精神也随着电影硬销到世界各地，看看美国队长带着星星盾牌，带领其他英雄对抗外星怪物，大家都觉得是理所当然，毕竟是美国出品的英雄电影嘛！相比起 80 年代，由史泰龙主演的硬派英雄“兰博”，到处大杀苏联人与越南人，已算是有所收敛，毕竟奥巴马与小布什或里根不同，作风没那么鹰派，好莱坞电影其实一直反映政治气候。9・11之后，美国人对恐怖主义疑虑恐惧，内心深处都渴望有某位身具异能的超级英雄出现，拯救世人于水火，幻想世界中的英雄，悄悄安抚了现实世界中人们内心的不安。所以，不是超人造时势，而是时势造就了英雄，眼看世界各地恐怖主义方兴未艾，漫画英雄们大概还可以走红很长很长一段时间。

由加拿大某间电影院说起

许多年前我在加拿大升学，大学位处邻近多伦多的某个雅致小城。小城市没什么娱乐，当年亦未有互联网及手机，周末最大乐趣就是到市中心看电影。当年有一间专门放映小众艺术电影的影院“Hyland Cinema”，门票比一般电影院便宜，只需加币四元半左右。当年钱囊羞涩，这是少数负担得起的娱乐节目，于是“Hyland Cinema”就慢慢成为我大学时代每周必到的文娱场所，也是我初窥电影艺术的圣殿。当年在“Hyland Cinema”看过的许多电影，也直接影响了我后来的创作。譬如一套新西兰影片《夕阳武士》(*Once were warriors*)，故事有关家庭暴力问题的刻画，间接启发了我创作一首叫《夜声》的歌曲。另一出电影《山雨欲来》(*Before the rain*)有关因果循环的探讨，亦成为我不少歌曲经常出现的重要母题。

年轻人缺的是钱，多的是时间，原本只为消闲看电影，居然不知不觉吸收了许多艺术养分，也是意想不到的事。直至许多年后，澳门方始有了放映艺术电影的“恋爱电影馆”，总让我想起当年的“Hyland Cinema”。可惜人大了，闲暇时间就有限，我已无法像当年一样，无日无夜地沉浸在电影之中，一年到馆观赏的电影少于十出，但依然“心向往之”，经常浏览电影馆的脸书专页过过干瘾。早前有关恋爱电影馆检查维修及修缮工程之事，在艺文界引起不少反响，个人觉得负责营运的“拍板”一直做得不错，选片有品位，把不少外地优质电影引进到澳门；另一方面，亦为本地作品提供放映机会。夜间的恋爱巷，经常聚集不少艺文界的年轻朋友，一边排队，一边畅谈电影及文学，其存在价值已不单是一间小众电影馆，更是孕育创意与艺术的文化沙龙。澳门的艺文场所一向不多，搞得好的更少，希望有关当局能慎重思考，让恋爱电影馆继续由有心有力的电影界人士营运下去。

男爽片《庆余年》

早前大台播出陆剧《庆余年》，颇为热门，笔者也跟风加入追剧行列。论摄制算中上水平，剧本则是典型“爽剧”，什么是爽剧？首先分男爽和女爽，讲低层女秘书一步步往上爬，然后霸道总裁与富二代帅哥争相表白那种，就是女爽剧，而武侠片如金庸、黄易的改编剧则可归类为“男爽剧”：男主角武功不断“升呢”，美女投怀送抱皆是例牌公式。现实生活越多挫折看这类意淫大作就越满足。《庆余年》的男主设定更加逆天，武功高强英俊潇洒，外加屈机现代人知识，根本是无往而不利，但也因此令全剧毫无惊险感可言，观众心知肚明主角最后必定逢凶化吉。不过所谓大众娱乐就是如此，望着荧幕逃避现实四十五分钟，又有何罪？此外，剧中主角渴望一天身处的封建世界，有一天能再无主仆之分、尊卑之别，人人平等，娱乐商品能宣扬多一点点进步意识，还是值得称赞的。

绿帽情歌

香港乐坛曾经很盛行一类歌，行内人戏称做“绿帽情歌”。什么是“绿帽情歌”？首先谈谈港式芭乐，歌词最常出现的题材就是分手，分手最惨烈的一种，就是出现第三者，而枕边人有了第三者，还明目张胆地出轨偷食，主人翁爱情尊严俱失，就是惨情歌中的极品了。张学友过去就唱过好多这类歌，《这么近那么远》《我应该》《头发乱了》等，歌单长到够开二十场演唱会。这种歌曾经人人在K场争着点唱，唱得声嘶力竭、七情上面，似乎“绿帽戴到上心口”经验的人不少，这些歌其实不是歌手个个适合，首先外貌不能太帅，像陈冠希、张国荣、刘德华，唱起来就欠缺说服力，靓仔自己不偷食就算了，怎会反而戴绿帽？像张学友外貌普通、诚恳老实的好先生形象便最合适，你出轨偷食，我仍“但求你未淡忘往日旧情我愿默然带着泪流很想一生跟你走……”真是痴心情长剑，但想深一层，其实都几无骨气的。

《莫测高深一女生》

《莫测高深一女生》是泰国出品的奇幻惊栗剧，刚在Netflix推出第二季。此剧一出，就捧红了女主角Chicha Amatayakul，她也确实具备某种妖异魅力，冷冷的厌世脸微微一笑，令人既心动又心寒。

恐怖片从来是泰国电影人的强项，十多年前恐怖大作《鬼影》，就曾让不少人吓湿裤子。但相同的梗玩太多，总有让人厌倦的一天：长发女鬼匍匐地上，第一次看是经典，第十次就变笑片了。所以《莫测高深一女生》聪明之处，就是并非纯粹玩惊吓，每集皆结合真实社会事件，譬如性侵、校园欺凌、堕胎、比赛抄袭等，每次女主角皆以插班生身份，进入不同校园，继而以其特殊能力，引发周遭的人潜藏心底的"恶"。故事设定明显受日本漫画家伊藤润二《富江》的启发，但变奏得聪明，没有过分卖弄恐怖血腥，反而加重了黑色幽默，加上以校园为背景，大受青少年欢迎是意料中事。所以，套路来来去去那几种，加加减减、旧瓶新酒，又是一条好桥了。

谈美剧《真探》

上周刚看完收费频道HBO的迷你剧《真探》第一季，一共八集，简直是近代电视史上经典之作！既是所谓“神剧”，以食物来比喻，就是米其林三星法国大餐。相比起来，港剧只能算是铜锣湾鱼蛋，尽管美味，但粗糙得太多太多，完全不是同一个层次。

剧集内容是关于两名警探，花了接近二十年时间侦查一宗大规模连环杀人案。当中牵涉的除了变态凶徒，尚有宗教界及政界高层等，但两名警员不畏强权，以无比毅力侦查案件，当中所展现的正义感与勇气，教人敬佩不已。但若以为两名主角，是成龙大哥一类正气凛然角色就大错特错了，事实上，两人皆充满各种性格缺陷：一个已婚却忙于拈花惹草，另一个烟不离手、酗酒及滥药，这种人物设定已经写实而鲜活。看看报章社会版就明白，警察跟普通人一样有好有坏，终日与罪犯周旋，与尸体为伴，要保持正确是非观及抗拒各种诱惑，还真是相当不易。这剧英文原名是“*True Detective*”，那个英文字“True”非常可圈可点，既可以是歌颂两主角是真正为民请命的真英雄、真警察，也可以是讽刺满身恶习及缺点，才是警员的真实面貌。

拥有写实的角色设定不见得就是好剧集，此剧还好在哪里？首先是演员，两位主要演员伍迪·哈里森及马修·麦康纳皆是戏精。其中有一场戏是哈里森回家，惊觉妻女已离自己而去，所表现出的愤怒、恐惧及悲伤，层次丰富，强烈的情绪直透荧光幕感染观众，真是厉害！其实这种需要用脑、剧情复杂的侦探剧，没有好的演员，还真是很难让观众代入角色追看下去，是什么令美国演员如此优秀呢？充足的准备是原因之一，查看一下剧集的幕后花絮，才知麦康纳为准备演绎的角色，足足写下四百五十页的笔记，那基本上可以出一本书了。剧集的制作认真还远不止于此，第四集一幕约五分钟警匪追捕，演员过百人，上空更有直升机盘旋，这都没什么，厉害的是全幕是一个镜头直落！换言之，任何一个演员走错位、说错对白，或直升机于错误时间出现等，都要重新再拍。据闻这短短五分钟一幕戏，就足足演练一个月有多，这就是美剧：严谨、认真、创意非凡！大家别再浪费生命看无线胶剧了，看美剧吧，台上放有法国大餐和咖喱鱼蛋，你还不知道要选哪样吗？

谈电影的文化输出

埃及网剧《灵异调查员》（*Paranormal*），在奈飞（Netflix）一推出便大受欢迎，于全球取得极高收视，试问过去有多少人看过埃及制的影视作品？多得Netflix，多得网络平台的发达，只要你有好的节目，也有可能取得全球性的成功。

网络已彻底改变了全球影视娱乐的格局，当然美国剧集、电影依然领导全球，但已非唯一霸主。影视除了是一门大生意外，更是国家输出文化与价值观的重要渠道，观众们认定美国人是英雄，阿拉伯人是恐怖分子，中国人是帮派成员（有时是功夫佬或厨师），皆因数十年来美国电影都是这样教导我们的，全球广大观众在耳濡目染下，慢慢接受了有关不同族群的刻板印象。而《灵异调查员》这种全球爆红的埃及本土剧，则有效地改变了大众对伊斯兰教徒的印象，原来高呼"真主阿拉"的不一定是手执机关枪的坏蛋，也可以是平凡的家庭主妇，一样为工作烦恼，也为金钱而发愁。

至于中国电影又如何？近年中国电影公司积极投资好莱坞电影，绝大部分是没什么养分的pop corn movie，较著名的包括《巨齿鲨》（*The Meg*）、《金刚：骷髅岛》（*Kong: Skull Island*），还有由张艺谋执导的《长城》（*The Great Wall*）等，三出都是怪兽电影，同样地评价不高，李冰冰饰女主角的《巨齿鲨》，于IMDB更低至5.6分，为何中国投资的好莱坞电影总是拍得不好？首先是题材狭窄，众所周知中国的电检制度严格，既不能像美国电影一样随便树立敌人，自己本土的敌人也不能提，那最后当然只能打怪兽了。反观韩国，电影题材五花八门，百无禁忌，早前勇夺奥斯卡最佳影片的《寄生虫》（*parasite*），幕前皆为韩国演员，但电影提及的韩国贫富悬殊问题，令全球观众共鸣，因而超越了肤色之别，在商业与艺术上皆取得极大成功。反观中国投资的好莱坞电影，即使用上一线演员，但题材受限，又如何可展现文化软实力？又如何令西方社会对中国人改观？

豹哥陈蕾

笔者很“背”，最近才留意到陈蕾，翻查维基百科，原来她早在〇九年出道，还赢过亚洲星光大道第四名，挨了十多年才成名，又一次证明，有才有貌不代表能一炮而红，娱乐事业就是这样玄妙。陈蕾曲、词、唱自己一手包办，其中作曲最为突出，《当我迷失时听着的歌》《凡星》《荧光》等都写得动人，《沙门》更属超班，起承转合无可挑剔，继王苑之后最强女唱作人肯定是她，填词则不及 Serrini 破格及幽默，但也称职有余，不过要红，唱得作得尚未够，尤其香港，够潮够型是必须。原来陈蕾衣着风格也备受潮人吹捧，经典长裙搭配中性短发，型到核爆。如此全面的 natural born 歌姬，不红才是天理不容，才三十一岁，大把世界，豹哥和香港乐坛未来同样值得期待。

韩剧 *Sweet Home*

由 Netflix 出品，近日热播的韩剧 *Sweet Home* 及日剧《今际之国——有栖》，皆在全球取得极高收视，两剧均由漫画改编，同样充满末日氛围（《有栖》没明言但背景设定其实与末日无异）。有网民留言，世界已够多灾多难了，还制作这些令人精神紧张的恐怖影视作品是什么居心？！真是个好问题。现实世界大众越焦虑，按道理越会在光影世界寻求平静温暖才对嘛！但结果偏偏反其道而行，究竟背后是什么原理？

也许在令人不安的现世，观看一个设定更残酷十倍的恐怖故事，反而感到安慰。即是当现实里有“新冠病毒”，再对比一下 *Sweet Home* 幻想里受感染会变成怪物，惊吓过后，就发觉现实世界的惨事只是小 case（其实当然不是小事）。所以各种流行文化中的惊悚血腥，不一定是坏事，以毒攻毒，反而让人减轻压力，人的脑袋结构复杂，有时不是“想当然”的道理可解释的。

风流总被雨打风吹去

著名作家林燕妮上周逝世，终年七十五岁。林燕妮不单是专栏作家、电台主持，也是“黄与林”广告公司创办人。其男友是殿堂级音乐人黄霑，其弟是著名填词人林振强，前夫是李小龙兄长，无一不是响当当的名字。这一班才子才女大红大紫之时，亦正是香港七八十年代最光辉璀璨的时候，他们不算是明星，但其光芒比今日的明星更夺目。

那年代的文化人，尤其是林燕妮，举手投足之间，自有一种贵族气派。记得曾读过其某篇散文，大意是批评后辈作家，描写上流社会生活毫无实感，皆因他们从未真正踏足过上流社会云云。林燕妮确是有资格说这种话，她出身富豪家族，于外国名牌大学毕业，而且有貌，有才，又有财，真是得天独厚。当年笔者还是小孩，透过电视荧幕已深深觉得，林小姐是那种傲慢任性、高不可攀的人物，事实似乎也是如此：她曾经豪花百万购买皮草，与有妇之夫黄霑纠缠十四年，也曾为了买衣服，而让为黄霑庆生的大明星们苦等一个多小时……生而为人中龙凤，任性一点也是天经地义。那个年代，名人是真名人，即使小市民将其私生活作为饭后茶资，眼里还是带着某种景仰的。当然，所有传奇都需要天时地利人和，若非遇上香港最经济起飞的时代，林燕妮即使有才恐怕也有志难伸。若她迟出生四十年，面对现今的网络世界，其率性而为很难不被尖酸网民群起围攻。以往的人比较单纯，爱抬头仰望神像，现在的网民则比较热衷把神从神坛上拉下来。

林燕妮前半生顺风顺水，后半生却历尽生离死别。其弟林振强、林振刚于 2003 年尾先后因病去世，旧爱黄霑与其父亦于 2004 及 2005 年逝世。三年之间，至亲相继离去，与其独子据闻亦是关系疏离。一代才女，结局却是无依无靠、孑然一身。凡事太尽，缘分势必早尽，亦正如黄霑填词的《大亨》，其中有一句“升得高的终于都会低堕”，红颜终是命薄，而风流总被雨打风吹去。

“鬼灭”爆红之谜

日本爆红动漫《鬼灭之刃》最近推出剧场版《无限列车篇》，全球卖座鼎盛，在澳门公映也是一票难求，在日本更成为影史票房第二高的电影，漫画总销量亦突破一亿本。

“鬼灭”爆红之原因众说纷纭，专家学者已做了无数研究，但都是马后炮居多。论故事其实只是日本常见的少年热血漫画模式，这种“凡人对吸血鬼”的桥段其实毫不新鲜，论画功更只属二流水平，但“鬼灭”相比其他日漫出色之处，在于一个“爽”字：角色应死就死，故事该完就完，爽快不拖戏，这是许多少年漫画做不到的。比较一下 *One Piece*，拖戏拖得连死忠粉丝亦心灰意冷，手办模型出越多，剧情就越烂。等而下之如 *Bleach* 更不消提，看这类漫画不会令人有真正紧张感，因为受欢迎的角色都是生金蛋的母鸡，所以永远打不死。不像《鬼灭之刃》，死掉的比活着的人还多，然后故事完了。读者们先而惊讶，继而惋惜，原来主角歹角、受欢迎不受欢迎的，只要是剧情需要都会死，置之死地而后生，反而为日渐式微的日本动漫行业，写下了光辉一页。

黎小田与卢国沾

音乐人黎小田上周逝世，享年七十三岁。说到上世纪殿堂级的作曲人，许多人只识顾嘉辉，而不知黎小田，其实两人好歌同样多。黎小田最人所共知的作品，是一系列 80 年代的电视剧主题曲，当时的丽的电视（即亚洲电视前身）几乎可与无线分庭抗礼，一系列经典电视剧如《大内群英》《天蚕变》《鳄鱼泪》及《大地恩情》等亦带红了剧集歌曲。

除了黎小田的曲好，合作无间的卢国沾贡献同样大，随便一哼，都是意境高远的好词："人于天地中、似蝼蚁千万""风寒寻雪路、不知崎岖""名利、负累，傲气一生竟多畏惧"……黎小田的曲正中带邪，往往在传统曲式中有出人意表的变化。卢国沾的词沉郁雄奇，充满男子气。两人的合作真是火花四溅。不过卢国沾早已封笔，黎小田亦仙逝。香港电视剧亦早式微，后继未必无人，但也不是那回事了。所以说，经典从来只能回味，可一而不可再的。

看不过眼就直说

ChatGPT 如何影响人类？

近来最热门的话题，莫过于 ChatGPT 横空诞生，笔者早想发文讨论一下，但有见此系统太新、对社会影响太深远，经一个月反复思量，到现在才敢动笔。

ChatGPT 这种 open AI，对人类影响是好是坏？我的想法是：对大部分人而言，坏处多于好处。

此话怎讲？首先 ChatGPT 最强大的一项功能，就是能让你以最快方法，学习所需知识。譬如我询问关于汽车专业名词“4 cylinders”是何意思？以下是其回答：“‘4 cylinders’意思是四缸引擎，这是一种常见的内燃机，通常用于汽车、摩托车等交通工具中。四缸引擎有四个缸体和活塞，每个缸体都有一个独立的燃料喷射器和火花塞。四缸引擎通常比两缸或三缸引擎更平顺……”下删数百字。回答专业而快速，换言之，如果你是好学之人，Open AI 能大大提升你的学习速度，但反之，假如你懒得动脑，ChatGPT 亦能代替你去思考：一个小六学生，要呈交一篇标题为“我的志愿”的文章，ChatGPT 同样三秒钟就能代其写完，而且会比七成同年纪生写得更好，而这些懒的、不动脑的小孩（或大人），思考力会逐渐下降。长远而言，社会更两极分化，精英会更精英，愚蠢的更愚蠢，未来像漫画《铳梦》所描述的，少数精英住在天空之城，大部分平民住在被污染的废弃城，这情况大有可能发生。

其次是 AI 的发展，将大大取代人类工作。不少人会用工业革命反令工作岗位增加这点作反驳，此说法也不无可能。算是最好的一种情况是，旧的工种不断消失，新的工种不断出现，人类要面临“不学习、就淘汰”的命运，过去那种你学懂一种技能，就一世无忧的日子将成过去，不管你是医生、教师还是水电工，皆是如此。但这种终生学习、终生竞争的生活，会令我们更快乐，还是更痛苦？过去所谓的“物竞天择”只需与其他物种竞争，现在还要与AI竞争，你是否能承受这种压力？最后你是生存者，还是被灭绝？祝大家好运。

Pokemon Go 狂热

任天堂电子游戏 Pokemon Go 于 7 月 6 日手机版一推出，立即在全球引发热潮，首周下载亦已超越一千万，任天堂的股价在两周内亦狂升一倍有多，为沉寂多时的日本电子游戏企业吐出一口乌气。游戏如此受全球机迷欢迎，到底是有何特别之处？

首先，Pokemon Go 香港译名为“宠物小精灵”，游戏目标是要捕获各式各样的小精灵，多年来已发售过多个版本。但最近推出的手机版，则是结合了游戏与现实中的地理资讯，换言之，玩家是在现实中的场所去捕捉精灵。譬如城中公共艺术设施、历史标志物等将标记成游戏中的精灵站，亦即是说，澳门的玩家可以在大三巴、金莲花广场、议事亭前地等捕捉小精灵，机迷们从此不再局限于百尺房里打机，游戏的地图变成无限大。玩家在打机之余，亦可顺便运动散步，探索城中大小景点，让机迷的身心健康及形象得以改善，不再是气虚力弱、面青唇白的孱弱废青，真是功德无量。

其实这类结合现实与虚拟的游戏模式，潜力及影响力可谓万分巨大。试想想，澳门旅游局经常为如何吸引游客来澳而伤尽脑筋，假设将来与任天堂合作，让某些稀有精灵必须在澳门景点方能找到，如此必能吸引到一众玩家来澳寻宝，刺激消费。又或者，新商场开幕，若然担心顾客不多、人流不足，亦可以此法引诱客人到场参观。又试想想，澳门每年某些日子如五一，政府也可找任天堂来打救，借小精灵把人群引离游行队伍，相信比斥巨资搞演唱会更具维稳效果。当然凡事有利必有弊，据报导现已有不法分子借小精灵之程式，引诱机迷到荒僻地点进行抢劫。而暂时也不知道此款游戏，有没有敏感地点上的限制，否则有些傻蛋跑到解放军总部来捕捉精灵，罪名可大可小。更加别让玩家跑到殡仪馆里，孝子贤孙在哭哭啼啼为先人破地狱，机迷则兴高采烈去捕捉精灵。不过科技的发展就如洪水一般，势不可当，未来会是什么光景，我等凡人在旁静静观看就是了。

人渣老师

早前，香港一名小学女生于校内堕楼死亡，被法庭裁定死因存疑，所以死因是意外、自杀还是他杀，暂时成谜。令人侧目的是，校长及教师等在发现伤者（当时应该仍未断气）之时，并没有即时报警处理，亦不向距离较近的荔枝角救护站求助，反而致电距离远得多的圣约翰救伤队。而且据救护员供称，致电人对伤者情况吞吞吐吐，令事件更加扑朔迷离。直到后来法庭及传媒分析种种证人、证供，方发现校方种种匪夷所思的处理手法，无非是怕影响校誉，不报警，是怕警察到访问话、传媒介入、学校面子上不好看。校誉，有时比区区一个小女孩的生死重要得多了。

这则新闻，令人心痛亦心寒。心痛的是，这年幼女孩受伤后没法得到即时适当的救治；心寒的是为人师表者，处事居然如此无良，而且愚蠢：把校誉置于小女孩安危之上，是无良，遇到如此严重事件，缺乏应变能力，还妄想事后用几句大话脱身，不是愚蠢是什么？

我们的社会犯了什么错，才培养出这班无良又愚蠢的教育工作者？大概是我们的教育制度，本身已存在极大问题：以为把学生调教得循规蹈矩、妥帖驯服就成功，用一个“乖”字去终极表扬这种驯服——不多话就是乖、听话就是乖。港式教育从不求培养人的正义感与独立思考，那几个牵涉案件的人渣老师，大概从前也是严守校规，操行甲等，是老师心目中的乖学生。长大之后，为人师表，依然谨遵学校规章，视保护校誉为终极任务，所以，原本应该保护的学生堕楼了、手脚扭曲了、脑浆溢出来了，他们想到的不是如何能迅速救她一命，而是保护神圣的校誉，任由孩子的血水流满一地……是我们的教育，培养了这种充满奴性、自保而伪善的乖学生、乖下属和乖老师，但他们不会是好老师，甚至称不上是好人。可怕的是，他们将教导出一批又一批跟他们所差无几的、冷血但听话的乖宝宝出来，然后让悲剧一直延续下去。

俄乌战争的玩家与棋子

执笔之时，正值俄罗斯入侵乌克兰，身边大多数朋友，原以为普京只是“靠吓”，口水战后便各自找个下台阶，最后和平散场，一切照常……但也许是我们过惯了太平盛世，除了在殡仪馆就没见过死人，总觉得战争不过是教科书里的教材、电影的桥段，又或来自童年时外祖母口中的睡前故事。

身处远东地区的澳门人如我，对俄罗斯与乌克兰的了解只属皮毛，但也知道今日两国爆发战争，成因相当复杂，当中包括地缘政治、历史恩怨以及经济利益的争夺：乌克兰人原本从17世纪就受俄罗斯帝国控制，不少乌克兰人尤其精英阶层甚至自称为“小俄罗斯人”，但乌克兰人转而对俄罗斯心生恨意，应该是1932—1933年，苏联军队从莫斯科到乌克兰抢夺粮食，流放及杀害众多富农，直接导致乌克兰大饥荒，死掉好几百万人。此事所种下之积怨，又导致二战期间，部分乌克兰民族主义游击队投靠纳粹，反攻苏联红军，而二战后当然又招致了苏联更多报复。直到今日，俄乌之间依然纷争不绝。譬如北溪二号油管，直接绕过乌克兰，令乌少赚了大笔过路费，克里米亚脱离乌克兰并独立等……由此可见，俄乌两个兄弟国，其实积怨已久。今日战事爆发，倒不能单纯归纳成美国的挑拨，或普京的野心勃勃，政治原本就是复杂之极。

记得当年阅读奇幻文学巨著《冰与火之歌》，角色“小指头”曾言道:“这世界只有三种人，就是玩家(player)、棋子(pawn)，以及自以为是玩家的棋子。”从此事可见，拜登与普京是玩家，乌克兰总统泽连斯基则是自以为是玩家的棋子，而一般士卒与平民百姓，则连棋子也算不上，“可怜白骨攒孤冢，尽为将军觅战功”。多少无辜军民死无葬身之地，对野心家而言不过是拜相封侯的垫脚石，或大国间争权夺利的牺牲品。

傅园慧的答案

今届奥运，真正好看的部分都与胜负及奖牌无关，与国家荣辱、民族大义无关，但与运动员的人格魅力有关。由网上情况可见，大家已不再一味追捧奖牌榜英雄。近期最红的中国运动员，肯定是游泳铜牌得主傅园慧。论外形，傅小姐只属中上，能受到广大市民喜爱，完全在于某次记者采访，充分展露了其人格魅力。印象最深是当记者问她：“今天这个状态是有所保留吗？”傅小姐答：“没有保留！我已经用了洪荒之力啦！”记者再问：“对明天的决赛有什么期待吗？”傅小姐再妙答：“没有期待！我已经很满意了……”真是率真又可爱，要知道“对明天比赛有什么期待？”这个问题，起码有以下三种答案：

一、“今天发挥不够好，希望明天有较好表现。”

二、“希望能为自己和泳队，拿到一面银或金牌。”

三、“我会尽最大努力！谢谢！”

以上都是运动员的标准答案。答案一，稍嫌行货，且有乘机吹嘘自己真正实力大于比赛成绩之嫌。答案二相当得体，但太早许下宏愿，徒然令自己增加不必要的压力。答案三避重就轻，答了等于没答。傅园慧就是胜在没心机、不官腔、很真诚：今天已经很满意了，明天如何全不重要。我们每个人从小开始，就被要求积极向上，力争上游，明天的自己要胜过今天的自己，就没有人停下来、静下心，对自己说句：“太好了！我已尽最大努力，对于眼前的成就，我已心满意足。”这难道不也是一种轻松自在的人生态度吗？

记得上届奥运刘翔在跨栏比赛中因伤落败，受尽千夫所指。笔者一直不明白，大众到底在怪责他什么？是怪他不是超人，居然像凡夫俗子一样受伤？还是怪他无法夺金，辜负了大众期望？运动员也是人，有其极限，会累会受伤，拿到金牌固然值得欣喜，拿不到也无需抱歉。但愿更多运动员的心态能像傅园慧般，用过了洪荒之力，对得住天地良心，那就心满意足，旁人有何期待，那是旁人的事，运动员可不是为满足一众无谓人而奋力战斗的。

别浪费艺术人才（highlight）

大家可有留意，近两年澳门许多垃圾槽，纷纷画上了雅致可爱的图画，让原本承载脏臭之物的容器，变成小城中一道悦目风景，真是富有创意的点子，值得一赞。

笔者每有空闲，总会逛遍大小博物馆及展览场所，发觉澳门具有质素的艺术家真是大有人在，可惜澳门的展览馆往往人流稀少，有时除了笔者与管理人员外，根本就空无一人。这也难怪，中国人向来着重实用主义，对于滋养心灵之事物向来忽视和轻视，优秀创作乏人问津也是无可奈何。

既然如此，何不直接将艺术面向大众、服务大众？像这次“垃圾槽上的画”，就是一次大胆尝试，往后画布可以是垃圾槽，也可以是电箱、灯柱、大厦墙身、楼梯、沟渠盖口，甚至是建筑物的檐篷，地点可以是街市、广场、政府大厦……当然了，不是随便乱画，而是有规划、有主题，能和周边环境融为一体而不突兀，结合历史文化而顺理成章，不是把建筑涂个五颜六色：那只是涂鸦而已！而且贵精不贵多，有些甚至能画在墙角，游人闲庭信步时方能发现。反正澳门从来无法跟其他城市比宏大、比气势，那不如就创造些别具特色的小趣味，更显小城雅致。

受疫情影响，澳门不少商户皆艰苦经营，而设计师、各类艺术人员则更是难挨，政府何不借此机会，让文创人以工代赈？设计师、画师等可以帮忙美化社区，摄影师、动画师与音乐人则可对外宣传澳门，那是一举数得。其实澳门过去十多年培养了众多艺文类人才，花费公帑不菲，学成归澳却英雄无用武之地。数月前笔者在格兰披治大赛车近入口处，遇上两个外国留学归来的音乐生，在门口摆摊售卖模型车：虽说职业无分贵贱，但总是浪费人才。若然管理一个城市等于下一盘棋，那当然不该浪费一兵一卒，而且艺术创作人才可能不是卒，是“车”也说不定啊！

徐晓冬 vs 中国功夫

早前有一条短片，在网上造成相当轰动，是被称为“格斗狂人”的徐晓冬与杨氏太极拳传人雷公比武，太极高手雷公在十秒内已被打倒地上，可谓输得极其难看。这位狂人徐晓冬，一直扬言许多中国传统武功是被神化了，经不起科学验证。他说约战雷公的原因就是为了“打假”，因为有九成的传统武术都是弄虚作假。

徐晓冬这番言论，自然令许多人不满。要知道练国术的人，各门各派，成千上万，功夫也一直被视为中国的骄傲，现在有人胆敢批评功夫是花拳绣腿，那不单只是侮辱国术，简直是在侮辱中国了。

笔者自小喜欢看武侠小说，文学作品中描述的武功，要多神奇有多神奇。像《天龙八部》中的六脉神剑，伸伸手指就可隔空杀人。更奇幻一点的，像还珠楼主中的角色，甚至能够御剑飞行，那已经不是武功，而是仙术了。看惯武侠小说的人，即使明知只是创作，但对所谓武功，总存在一份幻想，潜意识觉得中国功夫要比其他国家的武学要厉害一点、神奇一点，而事实又是否真的如此呢？起码我还未见到有哪位学习中国武术的，能在 MMA 赛事中取得佳绩。

练习中国功夫的，到底有没有真的很能打的高手？我相信一定有，但弄虚作假、名不符实的应该更多，大家不妨上网找些所谓太极高手的表演片段看看，一掌就把十多人推到二十尺外，大概只有白痴才相信那是真的。这些武术高手的所作所为，与骗徒没有两样，都是利用人的无知呃两口饭食罢了。

中国的练武之人，讲求武德，如非必要也不出手。这当然是对的，但也容易以此为借口，逃避了切磋与验证。各门各派自吹自擂，却不敢落场实战，然后推说一句“练武是为了强身健体，而非好勇斗狠”，其实岂不是正正印证了徐晓冬所言；中国功夫是中看不中用？

当然，徐晓冬打败了一个雷公，不等于打败了整个武林，我也盼望有哪位高人出手，教训一下这个狂人。但若然这种高手根本不存在，那就让徐毁了整个武术界吧，反正也没有什么好可惜的。

从同性恋婚姻合法化说起

执笔之时，正是美国最高法院宣布，同性伴侣在美国五十州内结婚合法化。这天，连总统奥巴马亦发帖，指裁决是迈向平等的一大步。当然，每个人的道德观与信仰都截然不同，不是法院每个判决都受人欢迎。判决一出，美国本土也立时有不少宗教团体提出谴责，当然谴责一下没什么大不了。若然你身处伊斯兰教国家，别说是同性恋婚姻合法化，只要你是同性恋，应该都会像丁蟹儿子般，被逐个从高楼推落街了。

笔者在音乐圈及剧场界，都有不少同性恋的朋友，他们有些很从容很公开，有些则秘而不宣，但从他们的谈吐和喜好总能透露一二。譬如作为男性但极度迷恋何韵诗、林忆莲的歌，都是迹象之一，当然这也是stereotypes，许多事无法一概而论。还有，同性恋者许多时比异性恋者更具才华，也许是雌雄同体的原因，男性的创作力与女性的细腻观察力集于一身，基不是病而反过来是种优势。所以，若然你是文化艺术或流行创意界别的一分子，即使你讨厌同性恋，也千万不要宣之于口，皆因圈子里不少掌权的人都是基的。笔者就曾见过某模特儿因在公众场合取笑同性恋者，结果被设计师取消其演出。

至于澳门这个小城市，对同性恋者又有多包容呢？会咬牙切齿地憎恨同性恋的人，大概很少，但对同性恋表示厌恶或开恶质玩笑的相当不少。华人社会一向保守，对中英数理化的教育相当着紧，对牵涉政治尤其是性取向之类的议题却是避之则吉。其实，大部分人对同性恋认知较少，陌生便会造成恐惧，恐惧又会转化成厌恶，社会上的许多偏见，便是由此而来。

关于同性恋婚姻合法化，反对者最常持有的论点有两个：第一就是婚姻是一男一女神圣的誓约和契合，而同性婚姻原则上已违背了“婚姻”的定义；而第二点，就是同性婚姻家庭中的子女会因父亲或母亲的缺席，导致心理不健康发展。在此先谈论第一点，就是我们要如何定义“婚姻”？该以伊斯兰教、基督教、佛教或其他国家的传统去定义？就以中国为例，自古以来奉行一夫多妻制，直至近百年才开始跟随西方律法实行一夫一妻的婚姻制度，如此改变自然与近代提倡男女平权、女性地位提升有关。由此可见，对事物的看法、律法的制定其实与时代发展、民众观念的变迁息息相关，而并非千年不改百世不变。《旧约·圣经》也有提及禁止犹太人与异族及异教人士通婚，但在今日的标准看来，自然是野蛮及封闭的歧视了。

而第二点，同性婚姻家庭养育出的子女，是否心智会较一般家庭不健全？这个比较难以作统计，但若然所持之原因是由于父亲及母亲角色的缺失，则同样并不成立，皆因造成单亲家庭的原因，主要是离婚而非同性婚姻。若然为儿童着想，我们是否该禁止离婚？或剥夺单亲家庭养育子女的权利？事实上，笔者认识的不少同性恋者都拥有高学历、良好教养及端正人品（只要你不认为同志就等于道德败坏），由他们养育的子女，我相信甚至比不少异性婚姻家庭的孩子更幸福。

由此可见，许多反对同性恋婚姻合法化的论点，其实相当苍白无力。你可以在个人观感上不喜欢同性恋，讨厌同性恋亲吻、拥抱及牵手，认为这些举动恶心和不雅，是阁下之自由，但不该以此作为反对同性恋婚姻合法化的原因与理据。世界上许多事物，如社会规范其实一直在变，但也有某些事物永恒不变，譬如真爱，但愿真心相爱的人，都能得到法律的支持、保护和认可。

从特朗普 Twitter 账号被封说起

2021 年 1 月份最轰动的新闻，莫过于特朗普支持者冲击美国国会，继而特朗普于 Twitter、Facebook 及 Instagram 账号被永久封号。特的帖文向来简短、个性鲜明、煽动力强，无论是宣扬国策、以至宣泄个人情绪，皆以 Twitter 帖文作为载体，今日被封杀，影响力将受到严重削弱。

特朗普被封号一事，是错是对，人人各有不同见解。持反对意见者认为是打压言论自由，而赞成者则认为特的言论太危险，不封号将煽动更多暴力及仇恨。

都是那句老话：水能载舟，亦能覆舟。社交平台是千禧年后，全球最重要发明之一，其最大贡献，是赋与社会上每人一份“微权力”。不管如何渺小，无权无势，只要懂上网，能开通账号，也就可以在社交平台上发声，月旦时事、批判社会，拥有一个社交账号，就等于大卫拥有了攻击巨人的石头，从而汇聚成一股巨大的监察力量，有权有势者想为非作歹亦有所忌禅。

但社交媒体的坏处，也就是当人人皆拥有话语权，个个手上都握起石头之后，却不是谁都能道德地、理智地运用它。所以网络就经常出现石头乱丢的情况，有时一幅相片，几句别有用心的说话，就足以令一个人身败名裂，没有“Fact check”，只有煽情、人云亦云，大众热衷于宣泄情绪，远远多于探究真相。其中于 2017 年出现于网络上的匿名者“Q”（Qanon），近年便不断在美国散布各种阴谋论，包括指控希拉里、拜登、汤汉斯等政要及名人是吃人肉、拜恶魔的邪教教徒……无论多荒诞不经的言论，都总有深信不疑的信徒，而且在网络时代，这种言论能比病毒散播更快，才是其最恐怖之处。

社交媒体是否需要管制？管制与言论自由之间的那条界限，又该如何拿捏？这肯定是个令有关决策者头痛的问题，而作为社交平台的用家，如何能不被各种假消息蒙骗及利用，也是极考验智慧的一件事。

爱情的复仇

艺人罗志祥与内地网红周扬青分手，成为近日大热娱乐新闻。事缘周扬青最近偷看男友电话，才惊觉罗一直不忠于自己，继而写了一封长达千字的分手信，爆料其男友各种混乱不堪的私生活，包括热衷多人性爱，约炮不同女子，又或与旗下女艺人有不正常关系，等等。因为是当红明星，内容又狗血，引得网友们疯狂围观热话，花生壳剥了一地。罗志祥贪花好色、对伴侣不忠自然是大错，但周如此发布公开信来进行网络公审，手段也非常狠辣，估计会让罗的事业毁于一旦。许多花心男误以为身边的女孩都是“傻猪猪”，可以玩弄于股掌之中，殊不知女性直觉向来敏锐，真相一揭破，“爱你爱到杀死你”可不是说笑的。

关于女性因爱成恨，继而复仇的文学作品似乎不多，印象中只有日本名著《源氏物语》，其中主角光源氏的正室葵上夫人怀孕后每夜被恶鬼骚扰，后来方知恶鬼是光源氏另一情人六条御息所，因妒忌正室葵上夫人，其生灵出窍化为恶鬼所引致。这故事颇奇：六条是在无意识之中化为恶鬼，侵扰葵上，自己也饱受妒忌与恶梦所折磨，而葵上夫人更是身心不得安宁，反倒是始作俑者、花心萝卜光源氏继续左拥右抱、风流快活，不用承担任何后果，证明古人对男性真是宽容得多。现代男人当然没那么幸运。大热韩剧《夫妻的世界》就因为男主角出轨，真相揭露后正室、渣男与小三大乱斗，最后三败俱伤。

“女士复仇”虽然可怕，但毕竟大多不带暴力成分。有些男人心理变态，被分手后就淋旧爱镪水，这才真的令人不齿。还有另一种是“剩男的复仇”，佛罗里达州曾有个男人因没有女士垂青，继而对所有女性心生怨恨，于 2018 年 11 月冲到一所瑜伽健身室，随机开枪，最后打死了两名女性，然后吞枪自杀。总之，因爱会成恨，没人爱也会生恨。男人和女人，爱情的复仇同样可怕。多情好色之徒，出轨前要想清楚后果。

打人与被打

近期最受瞩目的国际新闻，除了俄乌战争，肯定是奥斯卡颁奖礼中，主持人克里斯·洛克（Chris Rock）在台上拿威尔·史密斯（Will Smith）妻子的脱发问题开玩笑，继而被史密斯上台掌掴。此事引起极大回响，其一是奥斯卡颁奖典礼受全球瞩目，现场直播中发生打人事件实属首次；其二是涉事的主角，无论打人与被打，都是极具知名度之名人。明星失控暴走，网民自然遍地花生，而谁是谁非，也引起很大争议。笔者观察港澳台的网民留言，超过七成支持威尔·史密斯，认为克里斯·洛克是“先撩者贱”，拿人家老婆开玩笑，被掴一巴掌也是咎由自取，而西方社会则谴责史密斯打人占大多数。同一件事，东西方社会的看法何以如此不同？

首先，中国人重视“面子”，对“受辱”之事异常敏感，古人有云：“士可杀不可辱。”若然父母妻子受侮辱，别说掴一巴掌，取其性命也是天经地义。而西方社会则更重视“自由”，尤其是言论自由，奥斯卡主持人大部分由栋笃笑表演者担任，欧美的栋笃笑文化向来就是百无禁忌，以在场观众作为取笑对象，根本就是传统一部分，接受不了的反被视作缺乏风度，古板小器。所以，同一句话，在东方是不可饶恕，在西方却是无伤大雅。

就当威尔·史密斯真的受了侮辱，非报复不可，反击方法其实有许多，譬如以言语还击，向美国演艺学院投诉，在网络上带动风向声讨克里斯·洛克，等等，偏偏史密夫用上肢体暴力这最蠢的办法，不知那一巴掌能否为他发泄了怒气，但代价却极大，几部原本以他做男主角的电影，已决定押后或搁置。而被打的洛克，栋笃笑门票却因此大卖，票价亦飙升数倍。谁得谁失，结果一目了然。打人就是不对的，这道理连小学生也懂，偏偏有些人就假装不懂。以小见大，某些国家发动战争，不管出于什么理由，但导致许多人家破人亡，即使最后赢了，其实也是输了。

教育制度与马拉松

友人的女儿，每日四点半放学，就要到校外的督课班补课至夜晚八点，否则完成不了学校安排的作业。忘了说，友人的女儿今年刚满六岁，正就读小学一年级，她近来经常因做噩梦而哭醒。这种压力，直至她中学毕业为止，起码还要多承受十二年。除了她，这十多年其父母也一样将在高度压力中度过。

我同情这些孩子，同情他们的父母，亦同情他们学校的校长和老师。人生在世，有时仿似置身漩涡，身不由己：校长怕学生升学成绩欠佳，有损学校名声，于是勒令老师催谷学生；老师要保住饭碗，于是编排更多功课及测验；父母为了子女成绩达标，亦一起加入这个名为“拔苗助长”的游戏。大家都只求孩子能获取好分数，但鲜少人认真思考，这种教育制度对孩子的身与心，到底有益还是有害？

一个才学懂说话不久的幼儿，脑袋远远未发育完全，就默写大段课文，串背大堆英文生字，确实是赢在起跑线，但不等于可以赢到终点。情形就仿如一场马拉松赛跑，选手一开始全力冲刺，后劲就必定不继，即使挨完全场，亦肯定身心俱疲。而且，如果人生是一场长跑，那除了跑得快，还要跑得快乐，放慢一点脚步，不要朝着目标一直狂奔，方能听到树上的鸟语，看到花间飞舞的白色蝴蝶；放慢一点脚步，才有余暇跟迎面而来的人打声招呼，结识一下新朋友，偶尔甚至停下来，找着椅子坐一坐，发一下白日梦，也未尝不可。人生其实不是只有拚搏和奋斗。而教育工作者或父母更应明白，那是孩子的赛道，而不是你的赛道，你可以在旁呐喊助威，但不能走入场中，把绳索套在孩子脖子上拖着他跑，这样做既不健康，亦不人道。

澳门的教育必须进行一场翻天覆地的改革，而且要快，AI时代都来临了，教育制度还不改变？懒的究竟是孩子，还是教育家们？

智慧都市与泊车机

听闻马云即将要帮澳门变身为“智慧都市”。真是神奇，许多年来，澳门被称赞待人友善、富人情味等，倒从未被称赞过有“智慧”。所以，对于澳门即将转型为“智慧都市”，感觉相当不可思议，有点像电影《窈窕淑女》中，乡下姑娘被教授训练成淑女的桥段。不过所谓“智慧都市”，其实都是称号一个，等于卖菜阿婶叫你一声“靓仔”，不等于你客观条件上真是一位帅哥。做生意的人，很明白讲好说话较容易达成交易，若然改为“数据都市”，感觉上就差远了，“智慧都市”这称号要型英帅得多！笔者作为澳门人都与有荣焉！

其实这次澳门与阿里巴巴的合作，主要是由阿里巴巴提供“阿里云”服务，为政府提供云计算服务。“阿里云”拥有强大的“大数据能力”，对澳门发展旅游、交通管理、医疗服务等都应该有助益。现在人人都在谈论“大数据”（Big Data），何谓“大数据”呢？其实就是“巨量资料分析”，能够预测及解读许多现象，包括未来股票走势、货币升跌、流感会否流行、美朝战争会否爆发等，皆可预测，而且肯定比占卜师准确得多。现在国家、企业以至个人都在争夺大数据，原因很简单：假若你是个小股民，手上掌握大数据，炒股票想不赚到盘满钵满都难；假设你是开药房的，一早预知那种疾病将会流行，快人一步入好货品就必定生意滔滔。是否真有这样神奇？有，其实今日的世界距离科幻小说，已经相差不远了。

大数据确是厉害，但这种高智能的东西，只有高智慧生物才懂运用，澳门人智慧是高是低我不敢评论，不过从澳门街许多规划与设施，已可透露出管理者的智商一二。譬如那个泊车用的入币拍卡机，推出不算太久，已问题多多：机器与车位位置配不上，投币后却没有显示（简称食钱）等，连一部机器的“功能”也未搞好，我们真能踏入“智能”的世界吗？真是相当令人怀疑。

本地人与外劳的矛盾与共存

某间笔者经常光顾的茶餐厅结业，颇有点不舍，该店有三四个外劳“阿姐”，多年来已跟我混熟，谈起餐厅结业一事都颇有感触，均表示之后会返回内地。类似事件，在澳门近期时有发生。店铺倒闭，本地员工及外劳同告失业，本地人继续留澳揾食，外劳则回乡另谋出路。

澳门人不少对外劳有抵触情绪，认为他们抢了自己饭碗。就以餐饮业为例，服务员八成都语带乡音，一听就知并非本地人。又譬如家佣行业，更几乎百分百是外雇，不过像看小孩、顾老人、打扫清洁之类，又有多少本地人愿意去干？即使有，要求的人工又是多少？所以外来人抢了本地人饭碗可能是事实，但某些“饭碗”亦未必有本地人愿意去争。

自从赌权开放以来，旅客数字如火箭般上升，人数从2008年的二千二百万，一直暴升至2019年的三千九百万，没有外劳，单靠本地六十多万人口如何招待得了？公道一点说，这十多年澳门的繁荣兴旺，不只是澳门人，许多从各地来澳打工的人，也有贡献一份力量，包括人人爱戴的何鸿燊博士，其实也来自香港。所以外来人不一定都是抢饭碗，有些也能够创造工作机会，就如何博士，曾经为澳门人带来了多少“饭碗”？

经济不景气时，减少外劳额是应该的，也是必要的，毕竟保障本地人就业是政府优先该做的事。但澳门不能没有外劳，同样也显而易见。本地人与外雇，不是你死我活，而是各展所长。本地人更熟悉澳门多一点，学识及教育程度也可能更高一点，外劳则更为刻苦耐劳，彼此合作，就能共存共赢，就能把饼造大。若把外劳全都赶跑，澳门真有足够人手去为旅客提供服务吗？

歧视是人类天性

前天家中女佣忽然要求离职，我无奈同意，毕竟重新找一位佣工，一切又要重新适应，对我对家人都是麻烦事。不过三岁女儿一直不喜欢这女佣，说不喜欢她包头巾（伊斯兰教服饰），其实别人包头巾对她无碍，但她就是反感。家佣也大概觉得没趣，宁愿辞职不干。

所谓歧视，其实烙印在我们基因之中，特别肥特别矮，特别黑特别丑，总之不合我们审美标准的，以至衣着言语跟我们不同的，口中不说，心里也会畏惧厌恶。三岁小儿尚且如此，足以证明歧视是人类天性。

以往看港产片，经常拿有色人种开低级玩笑，印度人、黑人更是热门的被嘲讽对象。近年电影对外国人少了嘲笑，但多了仇视。电影《叶问》第一集打日本人，第二集打英国人，第三集打黑人泰臣，第四集直接跑到美军基地痛打美国人，总之对于其他人种，我们不是看得太低，就是仰望得太高，高得要把他打趴在地上才舒畅。80 年代美苏冷战，美国电影的英雄也经常对苏联或越南人大开杀戒。近年中美交恶，若不是好莱坞贪图中国拥有庞大市场，估计中国人早就沦为电影中的大反派了。

上周全球最轰动新闻，自然是美国黑人被警员压颈致死，继而触发全美游行及暴动。黑人白人的种族矛盾，又是一个无法解开的死结。美国黑人大多贫困，兼又犯罪率高，但警员对黑人“另眼相看”也是事实。早前新闻访问一名黑人，愤然控诉自己并无任何行为不检，却在两天内被警察截停及问话三次。所谓歧视其实极难消除，但不同种族要和平共处，关键在于两个字——“尊重”，尊重别人与自己不同：我可以觉得你包头巾不好看，但对于你包头巾、不吃猪肉或一天祷告五次，会表示绝对尊重；我可以嫌你肤色比我黑，但不会因肤色而先假设你是一个罪犯。懂得尊重，才能减少不同族群、不同宗教之间的摩擦。不过，人类要学懂尊重，不知要等到何年何月？大概那天未到，就已发生第三次世界大战了。

浅谈《英雄：大屠杀、自杀与现代人精神困境》

《英雄：大屠杀、自杀与现代人精神困境》是欧洲作家法兰克·贝拉迪的著作。单看书名，着实难以猜度出书中内容，大标题虽是“英雄”，但书内讨论的人物，都与英雄没丝毫关系，反而都是真实世界中恶贯满盈的杀人犯，大多是发生于美国，无差别大屠杀案件中的凶徒：包括于 1999 年，枪杀科伦拜校园十二名师生后，再吞枪自杀的哈里斯与克莱柏德；于 2012 年，化装成电影《蝙蝠侠》中的小丑，闯入戏院中大开杀戒的霍姆斯；还有更严重的，2007 年，于弗吉尼亚理工学院暨州立大学，开枪造成三十二人丧生、二十三人受伤的赵承熙，等等。

这些满手血腥的杀人魔，到底是天生凶残冷血，抑或另有其他因素，扭曲了他们的人性？作者为此作出了深入的调查与分析。第一，他们都寂寞孤僻，“小丑”霍姆斯于犯案前几星期，于约会网站上寻找对象，但皆被拒绝。第二，他们对社会充满恨意，韩裔杀人犯赵承熙于犯案之前，寄了一份包裹给美国国家广播公司，当中有一份手稿，显露了他对社会的巨大恨意：“……你们一次又一次摧残我的心，强暴我的灵魂，结果唤醒我的意识……”第三，他们都沉迷于电玩世界。

耐人寻味的是，作者对这些冷血杀人犯，字里行间透露出的并非愤怒，反而是悲天悯人的同情。要知道，在主流社会，尤其是网络世界，大部分民众都习惯于站在道德高地，公审一众罪犯（或疑似罪犯）。法兰克则不然，他尝试透视恶魔的灵魂，尝试把他们的恶行归咎于社会，尤其是资本主义社会，恨其对年轻人冷酷无情。此书的下半部分，就是探讨年轻人自杀问题，以及现今金融体系及大财团如何对年轻人进行剥削：譬如欧美银行不怀好意地向学生提供借贷，让他们年纪轻轻已背上沉重债务；第三世界国家则以富士康作例，资方无止境地向工人进行剥削，工人则因过度压力而引发自杀潮等。

或许，将校园枪击案、自杀潮等统统归咎于社会体制，未免过于简单。这世上寂寞孤僻、电玩成瘾、工时过长的年轻人比比皆是，不见得就会杀人或自杀。作者身为马克思主义思想家，对资本主义的看法亦难免偏激。但是，法兰克在书中指出了非常重要一点，就是现今的年轻人比过去更难找到出路，人生更难看到光明，于是最后有人不是自毁，就是发狂毁灭别人。作者对未来的预测是悲观的，虽然在最后亦强调，即使前路堪忧，我们仍需乐观坚强地面对。对于社会的日益腐败，作者坦言无法找到救治良方，保持乐观情绪，已可能是唯一救赎之道。

澳门一夜

友人将出发到英国当儿子的“伴读”，一离澳就是半年，我和另一位朋友设宴为他饯行，订了间过去很难预约的餐厅，现在则随时想来就来。三个人霸了一张十人桌，偌大的餐厅空空荡荡，服务生比客人还多。三人本来约好只谈文艺，最后话题还是落入了动荡的国际局势，以及低迷的股市，谈及哪个企业快将倒闭，某某高层离职后当起计程车司机等，越说越意兴阑珊，大家连酒也不喝了，索性早早结账散场。

我心情郁闷，一个人在雨中到处乱逛，路过总统酒店，其娱乐场正好在当日关门大吉，这也是澳门百多年来首次有赌场结业。话说总统酒店曾发生过一宗泯灭人性的谋杀案，也是由赌而起，不过，澳门哪间赌场没死过人？他杀的、自杀的，无一不是赌博惹的祸。澳门人这二十年混得风生水起，但心知肚明，赚得其实都是脏钱，一个“赌”字，让多少人倾家荡产？正所谓“出得来行，预咗要还”，现在是还的时候了。美国有位名导马田史·高西斯，专拍黑帮片，他几乎每一部电影，都是关于一群亡命之徒，如何从一无所有，到平步青云，然后再因金钱而陷入疯狂，结局不是死于非命，就是锒铛入狱，没一个有好下场的。

再路过近财神酒店那条典当街，过去是赌徒、黑道以及流莺的集中地，乌烟瘴气，从前只觉得这些人面目可憎，巴不得他们全部消失，到现在愿望成真了，却又怕澳门维持不下去了。人心真是矛盾。

再往前走，来到葡京酒店，也是澳门历史最悠久、知名度最高的赌场。一间博企，过去养活了半个小城的人，不过赌王走了，澳门赌业也告别了最辉煌的时代，这是坏事，但也可能是好事。没经过烈火洗礼，凤凰就无法重生。唉，不过澳门怎看也不像凤凰，顶多是只小麻雀。我望向旧葡京那鸟笼般的建筑设计，在雨中不自禁笑出声来，澳门这只小麻雀，被最自豪的鸟笼困住了。

澳门如何发展旅游新地标?

趁国庆假期到佛山一天游，时间所限，除了西樵山，就只到了岭南天地。岭南天地位于祖庙的东华里，是历史悠久的富人区，现今此区已改建成集食肆、咖啡馆、文创店、艺人表演于一身的步行街。当日所见，生意畅旺，游人如鲫，其实类似旧区翻新的项目，在内地比比皆是，譬如杭州的河坊街、成都的宽窄巷子、广州的永庆坊等，都是沿用类近概念，都成效不错。近年年轻旅客到著名景点游览的意欲越来越低，反而这种兼具古韵与新潮的综合体，对新世代更具吸引力。观乎澳门，有没有类似的步行区？较接近的是关前街，近年关前街改头换面，多了像“文艺门”“尚堂”一类潮人 cafe，但亦保留有“洪馨椰子雪糕”及“利丰”等老店，能做到新旧融合。可惜关前街面积太小，不足十分钟已走完，要旅客为这短短体验特地来一趟，似乎不易。澳门地少、车多、路窄、交通不便，都是死症，邻近的草堆街、十月初五街，若能跟关前街连成一体成为步行区，必定潜力十足，只可惜因行车需要而无法实行，殊为可惜。

澳门另一具发展潜力的区分，就是妈阁庙至海事工房一带，那儿面积不小，富欧陆情调，邻近就是地标妈阁，而妈阁也是轻轨站。凡此种种，都有潜力打造为新旅游景点。未来可局部发展为步行区，既是夜市，又是“艺墟”，售卖特色小食与文创产品，再设立几个小舞台，让艺人作街头表演。区内铺位可向具实力的商户招租，发展为餐厅与酒吧，又或可兼玩卡牌游戏与剧本杀的咖啡馆。若邻近还有潮牌服装店或特色古着店，效果就更完美。总之，要食、玩、买兼备，声、色、艺俱全，再定期举办节庆活动，譬如“妈阁艺术节”“妈阁美食大赛”之类，就更不愁没有游客了。现时各大城市都在拚命搞新地标、新活动吸客，澳门也是时候急起直追了。

澳门校园快乐指数

时代进步，现今评估一个城市优质与否，已不单单从人均收入、国民生产总值等经济实力来评级，还有许多大大小小、百花百门的评级项目，随便一数，便有“智商排名”“城市快乐指数”“最宜居城市”等。其中美国民调机构盖洛普（Gallup）便曾经于2014年调查六十五个国家，访问六万四千零二人，调查各地的快乐指数。结果显示全球有70%的受访者满意自己的生活，斐济全球排名第一，与我们只有一海之隔的香港，则全球排行倒数第四，有六成受访的香港人，感觉自己并不快乐。其实不只成年人，香港的儿童、青少年也不快乐，几个月前四十多个学生连环自杀，已是明证。

那澳门又如何？澳门人又是否自觉快乐？几天前笔者就尝试在个人Facebook做个简单民调，而且把范围缩窄在校园。先旨声明，个人FB上做的小小民调，参与人数甚少，游戏成分居多，大家无需太过认真看待。问卷调查分两次进行，第一次问的是：大家对于过去的校园时光，是充满怀念、讨厌抑或是毫无感觉？结果有二百三十一人表示怀念，二十五人表示讨厌，二十八人没有感觉。第二次则是“校园快乐指数”调查，大家在FB留言写上自己就读之学校，再写上由1至5之数字，最低为1分，最快乐为5分，结果共一百四十六人回答问卷。由于答卷者皆来自不同学校，统计上有一定困难：其中有十九位来自培正，平均得分为3.74；十位来自圣心英，平均得分为 3.7；十位来自镜平，平均分数为 3.6；其他学校由于人数在十人以下，欠普遍性，便不公布分数，但一般皆在 3.4 至 3.9 之间。观乎结果，颇为出乎笔者意料之外，要知道港澳填鸭式教育一向为人垢病，学习方式死板沉闷，测验多，压力大，估不到大部分学生校园生活尚算快乐，分数在中线以上，这是好事，除了成绩，除了学习，学生能在健康愉快的环境成长，亦是非常重要。澳门在“城市竞争力”一项大概无法在全球名列前茅，那若然在“快乐指数”能拿个高分，也就很好。

澳门音乐为何冲不出澳门？

近日澳门独立歌手廖嘉裕推出专辑《非同、小我》，作曲作词皆由廖嘉裕和陈皓怡负责，水准不俗，歌曲制作也用心，其中《异人逐》和《*Friends*？》等都是好歌。其实除了廖嘉裕，澳门还有为数不少的唱作歌手，在此不一一介绍，他们写的歌不错，唱得亦不失礼，何解澳门歌手总是无法冲出澳门？首先，流行音乐工业不是这样玩，写出一首好歌只是第一步，跟着如何把歌手推出去才是难题。澳门缺乏一个强大的媒体，达到有效的宣传效果，即使澳广视每年举办“至爱新听力”推动澳门原创作品，但始终未能受到广大市民认可。这牵涉到第二个原因，就是周边地区“势力”太庞大，香港、台湾以至内地，近年一直有出色的音乐人涌现，我们做得好，他们也许做得更好。远一点还有个韩国，更是个难以匹敌的对手。最后还有一点，就是缺乏人才，曲词唱我们有了，但发行呢？市场推广呢？经理人？化妆师……归根结底，澳门人少，市场也小，自然很难每个环节培养出专门人才。哪里才是澳门歌手的出路？我也没有答案，希望有一天大家会找到答案。

病人的情绪

上周儿子因高烧不退，入院留医，一病就足足一个星期，我这做父亲的也跟着在医院度过了六个晚上，高热时他会寒颤，要多盖一张被，稍稍退热就要抹汗，更要一有机会便让他喝水，每隔一小时为他量一次体温。就这样高烧、退烧、又高烧，反反复复，小孩病得辛苦，大人也又累又担心，每晚也睡不了两个小时。虽然明知不论病毒还是细菌感染，一般都不会对生命构成危险，快则三天，慢则七天，都会痊愈，但担心子女是人类天性，见孩子病情康复稍慢，家长便会胡思乱想，继而心浮气躁。我相信，这时代要做儿科医生，比上一个时代要困难得多了，因为除了要医治患病的儿童，更要应付难缠的父母，关于孩子病情左问右问，追根究底：抗生素要多久见效？用后有否副作用？排汗不多是否有问题？排汗排多了又是否有更大问题……医务人员若稍稍缺乏耐性，或敷衍了事，便很容易与病人之间产生磨擦。

焦虑、烦躁不安等种种负面情绪，在急诊室尤其明显地呈现，一边是长时间排队轮候的病人，一边是承受高度压力的医护人员。笔者便曾亲眼目睹过两方之间，在急症室激烈争执至几乎大打出手。幸好这次小儿住院，医务人员的服务态度跟以往相比，竟大有改进。譬如打吊针，孩子当然害怕，手上缠着针头也不会喜欢，这次护士便替他在手上纱布画上超人图案，画工还不错，孩子躺在病床左右无事便不停拿来欣赏，吊针时也不哭闹了。又譬如儿子向护士抱怨身体忽冷忽热，姑娘便告诉他试想象自己是勇士，要到冰山与沙漠冒险……凡此种种，都令孩子情绪大大转佳，家长如我也相当感激。要知道在病人眼中，医生护士就是权威，即使只是一句鼓励、一句安慰，甚至只是一个笑容，都能很有效地安抚病人与家属的情绪。澳门的医疗水平经常为人所垢病，也许要追上邻埠的专科水平，尚需时日，但若能做好安抚病人情绪的一环，也已经是一个很实在的改革，很巨大的进步了。

网络上的阴谋论

香港时昌迷你仓大火，两名消防员殉职，两人皆正值壮年，有妻有子，生命骤然终结，实在令人悲痛。网络上一时亦沸沸扬扬，替殉职消防员惋惜者有之，谩骂消防署高层者有之，网民们亦已早在脑中编写出完整剧本：某个缺乏经验且急功近利的消防署高层，为求早日上位，置前线消防人员安危不顾，明明可采用防御式远距离洒水，偏偏要消防员硬闯险地扑火，那高层可能与殉职前线消防员早有过节，甚至可能是情敌，或妨碍其升职之路的挡路人……

但这是事实吗？还是我们看了太多电视和电影，所幻想出的种种不尽不实的情节？不少三流的警匪片或救灾片，都有一个蠢材或奸角担任高层，为主角制造麻烦，但现实是否真是如此？在真实的人生中，不幸，有时只是单纯的不幸，意外，也可能只是纯粹的意外。

网络世界，是个很容易让谣言散播的地方，某某在脸书上写了某个"似层层"的阴谋论，一小时已足以传遍八方、人尽皆知，但那阴谋论有多少事实作根据，则从不是网民在意的事。网络也是个容易传染负面情绪的地方，一点点的怒火，会迅速蔓延成熊熊烈火，谣言、谎言、无知、意气用事都是很好的助燃物。笔者承认，最初听到消防员殉职的事，同样感到愤怒和惋惜，继而寻找可供指责及泄愤的对象，消防高层自然成为众矢之的。但我们似乎都忘记了，自己对救火之事其实一窍不通，又如何判断消防指挥官所做之事，是对抑或是错？何谓“防御式救火”，何谓“进攻式救火”，许多人不过是第一次听闻，就急不及待在脸书上饰演判官，强行判断谁是罪人，这其实不过是网络上的假正义，成事不足，败事有余。

若然我是殉职消防员家属，肯定不希望亲人是死于某个高层的错误，而希望他是为救火救难、为广大市民安危而死，人即使不在，家属们仍永永远远为其骄傲自豪。而无知网民如笔者，出少句声，才是对死者及家属最大的尊重。

谈校园霸凌

近日看到新闻一则：日本去年中小学校园霸凌事件创新高，经确认的已接近六十八万二千宗，未经确认的不知还有多少。

判辨校园欺凌事件的麻烦之处，在于其界限有时相当模糊，譬如A同学跟B同学玩闹嬉戏，A同学轻轻在B同学面上掴了一巴掌，那是欺凌吗？大概不是。但如果A同学每天对B同学做出相同行为，而B同学也觉得相当反感，那就可视之为欺凌了。当然，A同学也可狡辩这不过是玩闹，甚至反咬是B同学小题大做，面对这种情况，如何“判案”就很考验老师的智慧，有时比名侦探查案更难，因为追查一宗谋杀案，有杀人就是有杀人，但要审理一宗校园欺凌案，有时连当事人自己也搞不清楚。

笔者回想学生时代，有一位同学言行举止都异于常人，偶尔会失惊无神地大叫大笑，体形也胖，衣服又脏又旧，这类人自然是学生们的取笑目标，“傻仔”“肥仔”之名跟他画上等号，坏同学甚至喜欢打他一拳、踢他一脚。当年我没有加入霸凌者的行列，但也没有见义勇为，只觉得他又胖又傻，被取笑被欺负也是活该。直到毕业之后，听到很多有关该同学的传闻，包括精神出现问题等。现在回想此事，依然觉得有愧于心，因为当一个冷漠的旁观者，有时比残暴的霸凌者更可恶。

我自小教育子女，遇到校园霸凌要懂得反抗，不能逆来顺受，言语上受侮辱就用言语还击，被拳头招呼就以拳头顽抗，这并非复仇式的以牙还牙，而是欺凌者专门找上弱者，你不反抗，在群体中就容易成为被欺负的目标。我们教育孩子要和平友爱，这当然正确，但也别忘了人也不过是动物的一种，而学校则是个被文明包装的森林，弱肉强食是动物本能。要小孩子健康成长，就要多留意他们在学校的情况，有没有被欺凌？让他们不要成为被害者，当然更不要成为加害者了。

论澳门与内地人的工作态度

澳门人与内地人的工作能力，孰高孰低？我认为难以比较，每个人都不一样，所以我不同意某些澳门老板说，请蓝卡好过请本地人。但论工作态度，则多少有些可比性。这话题其实相当敏感，一个不好就被上纲上线，今日即管冒天下之大不韪写这篇文章，纯属个人经验之谈，不客观、不精准、无任何大数据支持、不具备参考价值。

经验一，我偶尔会在工作时间以外传讯息给助理，一般只是简短地交代一下明天的工作。我过去有位助手工作能力很强，但办公时间一过，天跌下来她也不回你讯息。直到有一次，有一件十万火急的工作要处理，资料都在她手上，我低声下气，说要另加费用，她居然也不回复，气得我第二天就把她解雇。相比之下，内地人似乎比较乐意，在办公时间外工作（或起码回复讯息）。

经验二，有次参加某个内地音乐圈的饭局，有个已薄有名气的监制，风趣幽默，为客人斟酒倒茶，为老板点烟夹餸，整个饭局因他而生色不少。我没跟他合作过，不知他能力如何，但论到肯放下身段这点，拿我自己和他比较，我肯定输得一败涂地。中国人口多，有能力的人多如恒河沙数，除了专业能力，你还要懂得推销自己，讨好老板，迎合客户，才有机会出人头地，除非你已经是响当当的角色，否则没余地让你摆高姿态。

有次到内地公干，路上见到一个中年妇女骑着廉价的电动单车，在马路上左穿右插，身前用婴儿孭带包着一个小孩。那小孩肯定最多一岁半，绷紧地向上伸出两手，死命抓着妈妈的衣服，似乎也知道一跌下来，自己就会小命不保。我感叹这孩子长大以后，生命力一定极其强大。忽然觉得一个人的韧力、耐力、拚搏精神等，很多都是环境逼出来的。一方水土养一方人，澳门是福地，经济富裕，地位优越，但温室养不出耐寒的花，也是无可奈何的事。

警察形象大变身

上周五为“治安警好声音”歌唱比赛2018担任评判，顾名思义，所有参赛者皆是警务人员，而比赛制作亦由警队内部职员所负责，由参赛者之歌艺、MV制作以至比赛之流畅度，都达至专业水准，体现了部队人员的多方面才能，值得一赞。不过，歌唱比赛水平并非此文重点，我想讨论的是，现今警察之形象，与几十年前有何不同。

几十年前，小孩子是怕警察的，大人亦爱吓唬小孩：“你再咁曳，我就叫警察叔叔拉你坐监！”这类说话，年过三十的澳门人都有听过，那年代，警察的形象令人敬畏，而畏可能又比敬更多一点。澳葡年代有位亲友从内地来澳，因证件问题被带上警局，放出来后哭诉曾在警局内被殴打，而其小腹确有大片瘀伤，再加上回归前治安不靖，笔者对于澳门警方，确是并不抱持太大好感。直到回归后治安改善，市民对澳门警察的印象亦随之好转。笔者之前曾因被家佣偷窃财物而报警，有两位警员负责落口供及到家里提取证物。令我惊讶的是两名警员都斯文有礼得仿如教书先生，与印象中“林雪”那种恶形恶相的刻板警察脸孔有很大出入。

时代进步，市民的要求与喜好亦有变。数年前有网民将警员帮长者推纸皮车的相片放上社交媒体，立时受到疯传，人人按赞。由此可见，温情与人性化的警察形象更被市民受落。在歌唱比赛的访问中，有位参赛者说：“脱下了制服，自己就是一名普通市民，当然亦有自己的嗜好与理想。”一言惊醒，警察为什么就不能在舞台上情深款款，或耍帅装有型？警队能多点展现人性化的一面，市民便能意识到警方并非冷冰冰的执法机器，而是跟凡人一样有喜怒哀乐，明白这一点，警民之间便能有多点谅解，少点磨擦，这也不失为新时代“以柔克刚”的管治之道。

贫穷女孩的垃圾餐单

笔者的住所邻近是某所女校，那所学校里面大概没有餐厅，而周边食肆又不多，所以一到中午，学校附近的超市门前便挤满学生，许多年龄都很少，大部分都有家长或佣人带饭给他们，或坐或站地在烟尘飞扬的行人道上吃午餐，人声喧哗，好不热闹。

每日经过，我总特别留意到某个女孩，八九岁年纪，黑黑瘦瘦，由于其他小孩都有大人从旁照拂，唯独这个小女孩午饭时总是独自一人，默默吃着午餐。我估计这女孩家境并不富裕，她手边有个旧矿泉水瓶，估计水是从家里或学校装过来的，吃的食物不外乎三种：A. 速食杯面（不知道热水从哪来的），B. 便利店买来的咖喱鱼蛋，C. 面包（超市出售那种）。粗略估计她每餐成本不超过澳门币十元：速食杯面五至七元、便利店鱼蛋十元、超市面包约八元。其实澳门币十元的币值，在亚洲许多城市，已能吃到不错的营养午餐，但这里是澳门，十元就只足够吃垃圾食物了。小女孩正值发育时期，每餐吃进充满化学物质的食品，真是有害健康。每次见到她，笔者都很想邀请她吃顿好饭，但假若真如此做，定必被人误以为我是什么变态叔叔，只好作罢。其实澳门虽是富裕城市，但仍有许多人活在贫穷线以下，正因如此，我们更应关心贫困家庭小孩的饮食状况。

假如我是这小女孩的父母，我会禁止她每日以速食杯面当午餐，事先为她在家做个饭团或便当。十元的成本，出外吃顿好饭其实是没可能的，但自家料理还是勉强可以的。

假如我是学校校长，我会在校内开设爱心饭堂，供应健康廉价的食物，若无法应付所有学生，就只招待家境清贫的。若开设饭堂太难，也至少容许学生与家长在校内进食，学生便不用一边吃午饭，一边在街上吸废气。作为教育工作者，除了关心学生的学习情况，也请观察一下他们的饮食状况，饮食不健康，同样影响智力发展，最后一样是不利学习的。

赛车印象

小时候不知何谓赛车，只知道一年中有几天特别嘈吵，那个引擎声响就像一群机械怪兽在咆哮，每吼一次我就掩一次耳朵，幼年时对赛车的印象，大概只有恐惧和迷惑。

再过几年，对身处城市多了认识，知道澳门每年举办格兰披治大赛车。某年父亲在厕所门的通风口，贴上了一幅成龙杯的海报，我每次如厕都要被迫对着他。80 年代的成龙，每年都带上一大票明星来澳参加成龙杯：张曼玉、钟楚红、王祖贤、后藤久美子……（抱歉我只记得女的），那年头难得有明星来澳，自然成为同学们小休时的谈资，上课也能听到跑车呼啸而过的声音，所以在少年时代，对赛车的印象就是亢奋和热闹。

后来到加拿大升学，回澳时已二十多岁，由于赛车期间要封路，交通堵塞，上班下班都觉麻烦，原本十五分钟的路程变成四十五分钟，对赛车自然不抱好感，觉得它扰民、嘈吵、混乱，就是青年时代对赛车的印象。

到了这几年，读了不少澳门历史，也了解到赛车与澳门的渊源：格兰披治大赛车，原本只是业余车手的比赛，经过前人许多努力，才发展到今天的规模，过程相当不易，而且早已成为澳门除了赌博之外，最重要的品牌。早前有人提议取消举办赛事，并谓门票收入不足以支撑举办的经费。这是事实，但大家别忘了，游客来看赛车，也会一并消费，到餐厅食饭，到酒店住宿，到手信店买肉干蛋卷，这都能带动经济收入。而且澳门是赌城，而赌博予人的印象是负面的，幸好还有赛车这品牌，不知不觉提升了澳门的形象，单单这一点，赛车就有办下去的价值。

近年受各种原因影响，举办大赛车比以往更困难。我认识好几位车手、工作人员以至管理层，即使身处逆境，但他们眼里那团火并没有熄灭，依然沉着应战、不屈不挠，这感动了我，我想，这也许才是赛车的真实面貌吧。

躺平的神童

最近在网上读到有关张炘炀的新闻，张炘炀自小被称为神童，据闻智商高达140，十岁考上大学，十三岁读硕士，十六岁读博士，总之就是传统定义上的天才、神童，前途理应无可限量。

但后来张炘炀慢慢淡出公众视线，最近忽然接受采访，竟变成以“啃老”为生，银行也仅剩几千元。没固定工作，父母亲定期每两三个月给他一万块，他也把物质欲望降至最低，每餐只吃十多元的饭菜，这其实活脱脱就是现在流行的躺平族。现在全球加入躺平族的青年男女越来越多，只是刚好张炘炀背着一个“神童”之名，大家才觉得奇怪或者惋惜。

当躺平族有错吗？越是年长一辈，越对躺平的态度有意见，觉得躺平族的同义词就是不求上进、废、没有目标及浪费人生。但较年轻一代对躺平却大多抱持认同的态度，觉得不停加班的人生没意思，再努力也买不了楼，那不如减低自己的欲望，兼抱着不恋爱、不结婚、不生仔的宗旨，自己够钱过日子就算。

那神童张炘炀当躺平族又有错吗？我觉得没有错，像张炘炀就说他现在活得开心满足，那是他自己的人生，喜欢怎样过就怎样过，聪明与否，关其他人屁事？有人扼腕叹息，认为有天赋的人就该为世界作出贡献，那很多人也有几百万储蓄，为什么就不全部捐赠给社会？

当然并非说年轻人该躺平，而是人应该有选择自己人生的自由，想奋发就奋发，要悠闲就悠闲。上一辈不应强将自己的价值观加在下一代身上。更何况这时代，要饿死很难，但要出人头地、名成利就也同样难。年轻人在这大环境下，变得消极玩世也是人之常情，长辈们何不少点指责，多点包容与谅解？看报导指出张炘炀的父亲当年为保儿子神童之名，无所不用其极，到今日张炘炀啃老也隐隐有报复的意思，所以今日栽种出很多躺平了的花朵，其实也是当年拔苗助长拔出来的。

运动员不欠你什么

执笔之时，东京奥运正进行得如火如荼，本以为疫症蔓延，大众会对体育活动兴趣缺缺，想不到几天比赛已点燃了全城热情，原来在诸事不顺、气氛低迷之时，看见自己支持的运动员夺奖，反而更令人心情振奋。

不过今届有好几位国家队队员，发挥未如理想，作为观众与粉丝的我们，即使失望，也该明白比赛场上瞬息万变，胜负本是一线之差，理应体谅与支持，偏偏内地有部分偏激的网民，对落败的选手口诛笔伐，将败者形容为“国耻”“叛国”“该进监狱”，冷血又无礼的态度令人咋舌，官方连日来也撰文降温，但依然未能平息众怒。

奥运向来被视为国力的表现，有人甚至形容奥运竞技是“不见血的战场”。过去中国的国力不如人，于是更处心积虑要在运动领域上争雄，每个运动员赢一面奖牌，就是为国家争一口气。在举国之力推动下，国家队也不负众望，几乎每一届都取得佳绩，但也由于大家把奥运看得太重，输了一场女排，就好像输了一场仗，失了一个乒乓金牌，就当成失了一片国土，作为运动员，胜者（有些必定要求是金牌）就是英雄，输了就成国耻，至于运动的初心与乐趣，却早已忘得一干二净。

记得当年跨栏王刘翔因伤退赛，网民同样是怪责多、体谅少，多年过去，情况依然未见改善。其实今时今日，中国早已不是 1932 年初次参加奥运的弱国，无论经济、科技、军事力量也早已取得巨大进步，我们该有充沛的自信，不为失一面奖牌而耿耿于怀，也应有足够的宽容，为表现未尽人意的运动员，大力给予掌声与鼓励。运动不只是胜负，还有许多美好的价值能从中体现出来，而且说到底，人家在比赛场上流汗流血时，你也不过在电视和键盘前食花生而已，没有一个运动员欠过你什么，你又有何资格去大声指责？

关于少年自杀事件，我想对你们说

上周，一个十四岁少女跳楼身亡，这已是两个月内第三宗少年自杀案。

许多艺术家都爱歌颂少年时代的美好，其实人生最彷徨、抑郁就是这阶段，谈何美好？由儿童转为大人，要面对心理和生理的急剧变化，沉重的功课压力，尚有各种复杂的人际关系。人长高了，思想却远远称不上成熟，身上还有很多棱角，学校却已迫不及待要把你打造成一颗螺丝，测验考试就像铁锤，毫不留情地敲打下去。父母则在一旁煽风点火，跟你强调求学就是求分数，若无法达标，未来就要过上悲惨的人生……这样的少年时代，又怎能称得上美好？

那些正在苦恼的少年，我想跟你们说：请原谅你的父母，当一日你们长大，了解成人世界的残酷后，就会明白父母和师长的责骂，绝大部分是源于关心和爱，只是以一种扭曲的方式来表达。若然真的无法忍受，也请在这高中最后几年忍耐，毕业后便逃离这些令你痛苦的人吧，毕竟命是你自己的。

那些正为孩子未来担忧的家长，我想跟你们说：除了责备与督促，你又有否真正了解子女？他的性格、梦想与烦恼？你望子成龙，要他有一日能飞上九重天，但也许，他原是一条长着鳍的鱼？强要一条鱼学飞，对你和对他，都是一种煎熬。你把他生下来，原想他能得到幸福，结果你却给他带来最多痛苦。

那些正为学生成绩操心的老师们，我想跟你们说：别急着把孩子们变成完美的螺丝，他们还很脆弱，你原本想敲走它的棱角，但一下用力过猛，就会错手把他们打成废铁。当然其实所有人，你和我，锤子还是螺丝，都只是大社会其中一件零件，同样身不由己，但在敲打的时候，可否偶尔“偷懒”一点？温柔一点？古语有云：百炼成钢。但其实人就是人呀！怎能和钢铁相比？若然人真能强硬如钢，那从高楼一跃而下，就不会一命呜呼了，对吗？

除了赌，澳门有什么可介绍给游客？

人在高雄，又遇上一个非常健谈的计程车司机。台湾的司机一般有两个特点，第一是非常有礼，开口都是“您好、慢走”，第二是非常健谈，尤其热衷议政。这次遇上的司机还有第三个特点，就是对自己城市感到非常自豪，从高雄的美食、名胜和文化，都仔细介绍了一遍，说的时候感情洋溢、深情无限，我笑说：“高雄旅游局该找你当旅游大使。”司机正色道：“我们高雄人都是很爱高雄的。”我登时一怔，再扪心自问：我有很爱澳门吗？我有为自己的城市感到自豪吗？

我对澳门感觉经常是恨铁不成钢，除了赌，还有什么可介绍给游客？首先，澳门确实有许多美食：猪骨煲、土生菜、鱼汤粉、广式点心……统统是珍贵的文化遗产，那是几代澳门人，以及来澳的各地移民努力经营及研究的成果，对于美食一项，我们可以自豪地给游客作介绍。那美景又如何？澳门具特色的景点不少，大三巴、妈阁庙不说，福隆新街、望德堂一带也相当有特色，尤其望德堂像极南欧小镇，拍摄婚纱照最适合，所以，澳门景点也并不失礼。至于文化，说来惭愧，我们还没出过一出国际知名的电影，也没有蜚声中外的文学与音乐。台湾有诚品，我们就连一间像样的书店也没有。香港有大大小小的展演场所，澳门讲了二十年，也只得一个半新不旧的文化中心。如果有外地朋友打算到澳门作文化深度游，我还不知道有什么可以介绍。当然我们有艺术节、音乐节和电影节，但当中又有多少澳门本土文化包含在内？又有多少澳门艺术家参与其中？澳门政府与文化人，是时候好好想想如何突破困局。近年全球都流行文化旅游相结合，我们美食有了、美景有了，但文化在哪里？期望有多一些并非以金钱堆砌，而是真正展现澳门本土特色的文化项目出炉，让我们能够自豪地介绍给外地游客。

生不带来死不带走

再见老友

老友豪几日前过世，之前并无任何征兆。他离世前一晚我们还在微信群组，商量跟我庆生的日子，然后，就没有然后了。

不是没有想过，亲友离世时会是什么心情，我想象中的自己会更坚强、更洒脱，但原来我错了，真正面对死别，还是相当难过。我原来没有自以为的坚强。

内省自己的情绪，一开始是震惊，继而是悲伤，然后居然是愤怒：他就这样留下妻儿，留下朋友，一句话也没交代，真是不负责任到极点。

当然到最后，最强烈的感觉是“不舍”。

这数天跟另外几个朋友，为他打点身后事，其中一个环节是选购纸扎品。

“一定要烧电单车，他最喜欢电单车了！”友人A说。

“别烧太多妹仔给他，他平常都喜欢自己做事。”友人B说。

“他太太吩咐一定要有游戏机！当然要PS5，红白机还有谁要？”我说。

从前我对这些传统习俗嗤之以鼻，现在我才深刻体会，这些仪式并非为了亡者，而是为了活着的人、想念他的人。相信这些纸扎品烧了后就能传到他手里，他还在某个地方，像从前一样快乐地过日子，有这种想象，才能稍稍排解内心的悲伤。

十七岁那年，我读了作家村上春树的《挪威的森林》，当中有一句：“死不是生的相反，死，是生的一部分。”当年我不明白是何意思，现在似乎隐隐明白。

翻看手机里的旧照，发现原来我人生中所有重要日子，他都在：结婚、小孩出生，以至每年生日，他统统在旁。其中一张是去年3月26日拍下的，那天他正为我庆生日，相片中我一手搭着他肩膊，另一手拿着酒杯，两个人都醉眼惺忪。那天好不开心。接着是今年的3月26日，他在镜湖殡仪馆设灵，我第一次，也是最后一次向他鞠躬，看他最后一眼，轻轻说一句：再见老友。

再见老友，这句话这几天我在心里跟他说了许多次，再见，就是再也不见，但即使眼看不到他，但过去同度的快乐片段，永远都会历历在目。

得闲约食饭

过去一周，连续有三个相识的朋友去世，有音乐圈的前辈，也有工作上合作过的伙伴。人到中年，有认识的人离世本是自然不过，也没太伤心难过，只是惋惜，还很年轻的生命也会忽然消逝。在脸书上刷屏，刚好看到数年前的今日，大家正在餐厅酒酣耳热地庆功，相片中的我们样子较年轻，笑容也更灿烂，然后再刷一下，就是朋友们在 FB 写悼词了。

李克勤有首粤语歌叫《无朋友》，第一段的歌词是："喂！未见面已十世，电话未打的好友接近五六十围，只怕再度见面是遗体。"有些老朋友好久不见，偶尔在街上相遇，匆匆打声招呼，临别时多口一句"得闲约食饭"，然后各走各路，你有你的生活，我有我的忙碌，一句"得闲约食饭"纯属社交礼仪。讽刺的是，最后让老朋友们相聚的不是餐馆，而是殡仪馆，不是把酒言欢，而是鞠躬和上香。

社交媒体把我们拉得无限近，也推向无限远：你想找谁，留个讯息就可，有心找谁，谁也无处可逃，但重聚太易，反而让我们无心重聚，不是没想过找大家吃吃饭、聚聚旧，但转念一想，还是"下次""揾日""再约"……反正相约太易，况且还有无限时间，但其实生命并非无限，下次后可能再无下次。

所以有空的话，跟家人、朋友多聚一下，吃个饭、喝个酒，不约出来，也不妨传个讯息问候：最近如何？家人可安好？你那边天气可好？别担心无话可说，也不要怕老朋友以为你是在推销保险。反正人生短暂，谁也无法预料明天，可能是你在脸书的当年今日刷屏怀念他，又或是他流着泪写悼词纪念你，谁知？

心灵的健康

前 TVB 新闻报道员柳俊江烧炭亡，享年四十二岁。柳是城中名人，近年不时在社交媒体教授说话技巧，也热衷运动，这样一个表面上活跃又好动的人，居然自杀，令人分外惊讶又惋惜。

近年越来越多城市人患上情绪病，许多在表面上根本看不出来，据说越是看起来积极正向乐观的，越容易有情绪问题。笔者近日在网上看到某心理专家的文章，该如何保持精神健康，以下几点可供大家参考。

一、保持自律

别睡至日上三竿，或从三点开始喝酒。颓废过活，只会让你心情更差，状态更坏。不用上班，也要把胡子剃掉。去个超市，也该把头发梳好。当你望望镜子，发觉自己还活得人模人样，心情就会好转，看到镜中人鬼不像鬼的，想开心起来都难。

二、与人聊天

现代科技其中一项伟大发明，就是不用面对面也能聊天，手机有 WhatsApp、WeChat、Messenger、Zoom ……文字或语音交流都可以，视像通话也毫不费力。笔者就有好几个群组，每日与亲友闲聊，嬉笑怒骂也好，言不及义也罢，总之别让自已变成孤岛，人与人之间要互相取暖。当然可以的话就别单单在网上沟通，面对面吃个饭更好。

三、找一样兴趣

笔者近年迷上了烹调，由以往不辨青瓜与节瓜，到现在已掌握了十多样餸菜的烹调方法。也开始每周两次到健身室运动，释放一下多巴胺。多一两样兴趣，填满日常生活，不至于觉得无聊，活着才有滋有味。

四、冥想与打坐

冥想与打坐不过是调整呼吸、放松精神的一种方法，并不像字面看来那样深奥，而且人人可以做到。笔者试过，真的有效，能把你脑内一条条绷紧的神经慢慢放松下来，有什么比放松心情更重要？身上背着千斤担子，脚步也要自由淡定的。

五、问题严重时要吃药

如果真的出现情绪问题，一定要看医生，较严重的要吃药，其实吃药也没什么大不了，精神上的病和肉体上的病，其实没什么两样，千万不要自己歧视自己，若然有人对此话说，当他们有精神病好了，都什么年代了？

我的母亲黄医生

如果，要母亲选择以一种身份被这世界记住，她该会选择“医生”。

母亲出生于广东中山一个平凡家庭，据长辈忆述，其出生第二天，外公就成功找到工作，觉得她“脚头好”，因此对她分外疼惜。母亲也自小天资聪颖，没怎么努力就考上医学院，毕业后，辗转在内地几间医院工作过，累积了许多经验。我们一家人围桌吃饭时，她经常会分享当年在内地行医时的所见所闻，烧伤病人的状态是如何？心脏病发的情况又怎样？也许她一直想引导我们姐弟继承衣钵，可惜我们不听话，对她而言不无遗憾。

来澳后，她在草堆街挂牌开了一间小诊所。小时候牵着她手走在草堆街上，每隔一二分钟，总有一个街坊会跟她打招呼:“黄医生！”“黄医生午安！”此起彼落，街坊们都尊敬她，喜欢她，我也非常以她为荣。

后来母亲被诊断患上类风湿性关节炎，那年代算是不治之症。她在广州中山医院留院治病，我一个人背着三个旅行袋，内里装满送给医护的奶粉和饼干，从拱北独自乘车到广州探望她。那年我十二岁，记得有位医生铁嘴断言她活不过六十，结果她一直活到八十四。

妈妈活下来了，但各个关节受到破坏，行动不便，也经常感到剧痛。她痛，但从来不说，而我和姐都知道。母亲个性其实很高傲，明明举步维艰，但别说轮椅，连拐杖也从不肯用。直到年过八十，依然坚持开诊，虽然一周只开三个早上，但我们还是劝她别开了、退休吧。她说不行，有很多慢性病患一直由她照顾。我说那些病患可以找其他医生，但我妈的“傲气”又发作了，说:“怎么可能？他们只相信我。”

我就是喜欢我妈这副自信自傲的样子。

母亲去世前几星期，有天突然丧失了神智，连我都认不出了，把我唤作“爸爸”。我感到一种无法形容的、巨大的哀恸，但转念一想，也许在无数次轮回中，我真的曾经当她爸爸，再下一世，她又成为我母亲，循环不息，我们的缘分还会在下一世延续。

但在今生，我们要暂别了。再见了，母亲。

残酷的古代战争

多年前看武侠小说《天龙八部》，故事接近尾声，主角萧峰悲怆地念唱诗人李白的《战城南》，印象相当深刻："烽火燃不息，征战无已时。野战格斗死，败马号鸣向天悲。乌鸢啄人肠，衔飞上挂枯树枝。士卒涂草莽，将军空尔为。乃知兵者是凶器，圣人不得已而用之。"最近见阿富汗政局动荡，忽然又想到这首描写战争悲惨的千古名诗。

西方《圣经·启示录》有所谓四骑士："瘟疫、战争、饥荒和死亡。"四者总是结伴而行、如影随形，但有时到达的先后不一，最常见是饥荒导致战争，中国古代便发生多次因饥荒而引起的农民起义。反之，战争亦带来饥荒：古代的攻城，首要做的是截断被围城者的粮草，不降者大多先死于饥饿。更恐怖而罕见的情况，是战争直接引发瘟疫：1345 年蒙古军围攻克里米亚卡法城，把军队中鼠疫病死者尸体，切成碎块，以投石器从城外抛至城内，致使卡法城军民染上鼠疫。编年史家德谬西记录写下："尸臭如大山压顶，几千人里大概只有一人能躲开鞑靼军的尸体。"而逃难的市民更间接使黑死病蔓延至全欧洲。这也可算是最早期的生化武器，泯灭人性、残忍至极。相比之下，像"乌鸢啄人肠，衔飞上挂枯树枝"的描述已不算什么。而且古人打仗总是"死的人多"，即使最鼎盛的唐朝，一次"安史之乱"就使原本五千万的大唐人口，减少至一千七百万。明朝末年中国人口曾接近一亿，清军入关多次屠城后，人口则只剩二千多万。一次战争，就死掉大半人口，人命之贱，有如麦子一般，要生就生，要割就割。其实在漫长的时间长河之中，有无数人类曾在其中诞生与死亡，所经历的痛苦也许远比快乐为多。单看一部世界史，就是由战争之血所写成，战事的起因，有时是饥饿，有时是贪婪，有时则是宗教信仰或意识形态的差异。现代的战争，确是比古代稍为文明一些，但受苦最深的永远是手无寸铁的老百姓，这一点则是自古至今从来没变。

活得丰富了一点

网络电视Netflix有个新节目叫作《谐星乘车买咖啡》（*Comedians in cars getting coffee*），内容就是由主持人杰瑞·史菲德（Jerry Seinfeld）与另一位著名喜剧演员在车上谈天说地。其中一集由演员克里斯·洛克（Chris Rock）担任嘉宾，尤其令人印象深刻。节目中克里斯提起一件往事，他曾经认养过一个愿望成真基金的十五岁患癌儿童，而每次探望此病童，克里斯都会在众多礼物中，夹杂一张彭美拉·安德森（Pamela Anderson）（美国著名艳星）的成人光碟，主持人听到克里斯这个奇怪行为后忍俊不禁，然后克里斯告诉主持人，那孩子已经过世了，但主持人杰瑞点头说："他活得丰富了一点（he lived a little more）。"

不知为何，这句"he lived a little more"深深地震撼了我，这句话译作"他活得丰富了一点"，虽不如原装英语传神，但意思基本上是这样。那位病童虽然无法活得更长，但活得更丰富了一点（not longer, but a little more），在此姑且不谈，让将死的十五岁病童看成人电影是否正确（我倒觉得是正确而且大有意义），重点是病童在短促的一生中，多了一点点"人生体验"。每个人都终将死亡，但并非每个人都真正活过，有意义与否，就在于人生中有多少难以忘怀的"人生体验"，可以是惊天动地的大事，也可以是鸡毛蒜皮的小事，可以很雅，也可以很俗，可以是喜事，当然也可以是惨事：你在田径比赛赢得冠军，全场欢呼，恭喜你，请好好品尝胜利的味道，you lived a little more；你被女友狠狠抛弃了，别伤心，you lived a little more；你将要吃完一碗云吞面，才发现汤中有蟑螂，别生气，you lived a little more……“人生体验”可以关乎名利成就，当然也可以完全超乎名利成就。钱多的人，将死的一刻可能依然满带悔恨，但有丰富生命体验的人，应该就可以含笑而逝，因为爱过了、恨过了、成功过也失败过，甜酸苦辣都试过了，那大概人生就算是圆满了。在不犯法、不伤害别人的情况下，我们都应该尽量累积多一点“人生体验”，才不枉在人世间走过一趟。

生日感悟

执笔之时，正值笔者生日，不经不觉已到四十后半，“不惑”之境远未达至，对“天命”更是一知半解，每年庆祝生日，不过就是大吃大喝，相比年轻时毫无长进。不过，毕竟做了大半世人，对人心、对自身都了解多了，在此分享一点生日感悟，关于人情世故，也关于年华消逝的无奈，以及如何苦中作乐：

一、“哥”的称谓：当越来越多人开始以“乜哥”“物哥”称呼你，别高兴太早，那不代表你社会地位提升了、受人尊重了，只是代表你越来越老了，有些人见到看更也是叫“哥”的，而且哥前哥后三分险，对于爱以“哥”字称呼人的平辈男性，我总是会多加三分提防。

二、脸书朋友的祝贺：现代人庆祝生日，最热烈是在网上，有些人对这些网络祝贺非常介意：谁有留言？谁又没有？人数多少？……其实对网友的道喜，大可不必太过认真，人家可能只是刚巧在脸书经过，又刚巧发现你生日，再勉为其难打几个英文字，这种恭贺，其实非常廉价，反之，谁没祝你生日快乐，你也无须介意，他可能只是那天刚好没上网而已。

三、蛋糕与酒别吃太多：你可能跟年轻时一样，喜欢大吃大喝，但即使你有二十岁时的胃口，却没有二十岁的肠胃，有年轻时的酒胆，也没有年轻时的酒量，祝贺的蛋糕有再多，也只能浅尝即止。人生就是如此无奈，有些事物，在能享受时无法拥有，能拥有时却已无法享受。

四、我们都会老去：脸书有个新功能，就是能自动搜寻和别人当年的合照，在对方生日时，再发出以祝贺对方，这真是个既暖心又残酷的发明，温暖在能于生日之时，重温与老朋友相处的点点滴滴，残酷在旧相片中的你，比现在年轻多了，所以在生日喜庆之余，也要被迫直直地面对，自己年华消逝这个事实；我们都会变老，日后还会更老，所以要趁还能动的时候，多吃喝、多见朋友、多做有意义的事，才不枉到人世走一遭。

生死之间

拜读了由台北市长柯文哲撰写的新书《生死之间》，柯 P 在担任台北市长之前，曾在台大医院当了三十年医生，此书就是他在医院的所见所闻，以及对生死的感悟。

不管愿意与否，每个人最终都要面对死亡，柯在书中有一段说话令我印象深刻：“人生的结局只有两种，一种有插管，一种没有插管，但无论如何，都会死掉。”试想象你正躺在医院病床之上，与死神四目相投，生命即将离你而去，每一下呼吸都在极度痛苦之中，这时候，你会希望忍耐一下，然后顺其自然地死去，抑或希望医生为你插上人工呼吸器，让生命再稍为延长一点？我估计大部分读者会坚定地说：“不要插管，让我死得痛快一点！”但正所谓“针唔拮到肉唔知痛”，当真正面临死亡那一刻，你的答案可能又会不一样，而作为家属，又该如何抉择？身为医生，又应如何判断？关于这一点，柯的意思很明确，对于救无可救的病人，宁愿放手不救，否则只是延长病人的痛苦罢了。

中国人有所谓五福，有所不知的是，其中一种福是“善终”，个人觉得，“善终”就是有尊严、少遗憾和少痛苦地离世。柯 P 主张不积极救治末期病人，但不等于把他们弃之不顾，他举了一个例子：一个末期肝癌病人即将死去，由于病人家属不愿意插管，所以医院不肯收留，于是病人一直在医院走廊痛苦地喘气。后来终于一位外科主任同意送到外科病房，为他注射止痛针、换纸尿布、挂个氧气让他呼吸顺畅一点，虽然，四小时后病人还是过世了，但不用死在医院走廊，可以走得多一点尊严、少一点痛苦，对病人、对家属都肯定是好事。

笔者以往对有关死亡的书籍都很忌讳，曾在书店看到一本《西藏生死书》，几乎是绕路而行，但既然死亡是每个人必然的结局，与其逃避，不如坦然地思考及做好心理准备，虽然孔子曰:“未知生，焉知死？”但不了解死亡的本质，又如何能领悟生命的意义？

金钱与快乐

某夜，与友人A到酒吧闲聊，谈到澳门近日中小企，因居民转移到内地消费而不景气，难免忧心忡忡，叹一口气就干一杯。友人A问：“如果我们的生活质素，倒退到回归前的水平，你能否接受？”我低头沉思，回归前的生活到底是怎样的？时日久远，竟有点模糊，只记得那时我们很穷很年轻，吃的，只有茶餐厅与大排档，喝的，是五元一瓶的青岛啤酒，其他嗜好，不过就是看个电影，买本小说，或租一片影音光碟。再看看现在，财富增加了，假期能带家人到外地旅游个四五天，或周末吃顿自助餐之类，但扪心自问，我最享受的是到茶餐厅，吃四十五元一碗的牛尾通粉，或窝在家中看一本好书，那就是我生命中最大的快乐。友人A接着说：“既然快乐与财富并无绝对关系，那我们还怕什么？大不了便重过那时候的生活好了。”

一言惊醒，既然快乐与财富并非成正比，那经济不景又有什么好怕的？记得当年的中学同学，毕业前绝大部分未乘过飞机，没出过国。再回想更早一点的时间，餐桌上的饭餸远远没有现在丰富，茄汁豆、粟米汤、午餐肉，就已经是昔日岁月中的珍馐百味，简朴的生活有令童年增添过半点痛苦吗？其实真的没有。

我并非假惺惺地宣扬什么金钱不重要，只是当钱已解决了生活上的基本需要，其余再多十倍的钱，不见得会带来多十倍的快乐，喝一万元的红酒，不见得会比一百元的更尽兴，关键其实是跟谁喝；一家人关系良好，温温馨馨地吃即食面，肯定比冷冷淡淡地吃米其林更开心。有所谓“由奢入俭难”，但真的有这么难吗？问题在于你如何调节心态罢了。

我们边聊边喝，有关金钱与快乐的话题越谈越来劲，直到午夜时分才尽兴地埋单结账，一看账单，盛惠二千大元，酒意立时醒了一半，我们相视苦笑，深感人生中要找快乐，有时少不免还是需要用钱的。

鬼神之说

最近家中有长者患病，须留院治疗，住院期间她不时出现幻觉，说夜里有人向她走近，甚至坐到床边，但一眨眼又消失不见……在医院夜间听家人亲述“鬼故事”，言之凿凿，我虽不信鬼神，但心里也感觉毛毛的。

鬼神是否存在？也许未到命终一天也无法知晓，不过世上确有许多稀奇古怪之事：儿子约两岁时，每次换尿布时都呆呆盯着窗帘，问他望什么，他就说：“黑色、叔叔、戴帽。”起初只觉得是童言乱语，但他每晚如是，同样盯着窗，说同样的话，但除此之外再无异样，我们也渐渐不当回事。一年多后我忽然想起，就问儿子是否见过一个黑色戴帽叔叔，儿子大声说“记得！”然后跑到房间指着窗帘说，“这里！”我心脏立时怦怦乱跳，但想想这个“黑叔叔”似乎也没做什么，应该不过是个无依无靠的游魂野鬼，我家你爱住就住吧，总之不要大半夜出现在厕所镜子吓我就成。

小时候怕鬼，长大了就不怕，觉得人终有一死，人死了后变鬼，即是朋友、家人，甚至你自己也终会变鬼，那还有什么好怕的？早前好友豪忽然离世，身边不止一人说梦到他，我却始终无缘与他梦中把酒言欢，甚觉可惜。另有一事甚奇，我与豪平日从不说什么正经话，说的尽是“屁话”“干话”。最后一次聚会，他却忽然谈起宗教一事，他说人没信仰，在真正痛苦来临之时便会彷徨无助，当时我不置可否，继续谈笑喝酒。后来他走了，这番话却仿如遗言般深印在我脑中。后来家人患病，当我感到绝望之时，二十多年来第一次执手闭目祈祷，虽然那次祷告未竟全功，但心灵却稍为回复平静。所以，我虽不肯定“神”是否存在，但信仰能医治我们的心，这一点该是毋庸置疑。至于鬼、灵魂或灵体，若有日碰上了，我会陪他们说说话，但只跟“熟鬼”聊天，不熟的就装作看不见，因为我一向都是很“怕生”的。

鼠疫

近日在网上读到有关人类史上重大瘟疫的文章。其实人类与瘟疫之间的斗争从未间断，最严重的是黑死病，亦即所谓鼠疫。鼠疫从公元 541 年于拜占庭帝国首先出现，而一直到 19 世纪仍有大规模暴发。除了欧洲，中国亦曾出现鼠疫大流行，于文献中有大量记录，其中《山西通志》卷二十六有言："万历九年四月初一日，郡城北门无故自阖，是岁大疫，肿项善染，病者不敢问，死者不敢吊。"而《潞安府志》卷十五则记载说崇祯十七年："秋大疫，病者先于腋下股间生核，或吐淡血即死，不受药饵。虽亲友不敢问吊，有阖门死绝无人收葬者。"而鼠疫直到 19 世纪的香港，仍有暴发，香港《申报》于 1894 年 5 月 5 日刊出香港出现鼠疫的情况："香港华人近得一病，时时身上发肿，不日即毙。其病初起于粤省及北海，近始蔓延而至，每日病者约三十人，死至十七八人。"而直到今时今日，每年仍有人死于鼠疫。历经过千年，三次全球性大流行，死亡人数估计不少于 1.35 亿，鼠疫依然不灭。跟鼠疫相比，新冠亦只算小巫见大巫，当然一个是细菌，一个是病毒，性质或症状完全不同，但作为人类自古至今两大凶暴的瘟疫，难缠的程度并无分别。要杜绝瘟疫，除了药物，隔绝人与患者之间的接触，至为重要。可惜人类是群居的动物，无法独自活于孤岛之中，没有经济活动，人会死于贫穷，或者寂寞。未来各种病毒或细菌相信仍会不时袭击人类，那是大自然的平衡，我们并没有真正的解决办法，唯有继续见招拆招好了。

后记

此书是十多年来我在《澳门日报》副刊的专栏结集，每两周写一篇。我很自律地一直写一直写，不迟交不开天窗，散漫如我已足以自豪。由于所收录专栏横跨十多年，某些内容已明显不合时宜，但在较早期的文章我看到更有棱角、更爱挑衅的自己，那时比较年少气盛，不像现在般瞻前顾后，我都不肯定这改变是因为年月，还是澳门？

这书名最后敲定为《这些年我发过的誓》。无论对人还是对事，我发过的誓很多，能兑现的很少。想起曾辜负了的别人和自己，就内疚得想狠狠自掴十个耳光。不过都回不去了，那些与朋友围炉而坐、狂歌痛饮的晚上，那些一往无前、向理想狂奔的日子都回不去了，但又如何？日子还是继续要过吧。

（京权）图字01-2024-5376

图书在版编目（CIP）数据

这些年我发过的誓 / 李峻一著. -- 北京：作家出版社，2024.12. --（澳门文学丛书）. -- ISBN 978-7-5212-3169-4

Ⅰ. I267

中国国家版本馆CIP数据核字第20246N13N0号

这些年我发过的誓

作　　者：李峻一
责任编辑：宋辰辰
装帧设计：意匠文化 · 丁奔亮
出版发行：作家出版社有限公司
社　　址：北京农展馆南里10号　　**邮　　编**：100125
电话传真：86-10-65067186（发行中心）
86-10-65004079（总编室）
E-mail:zuojia@zuojia.net.cn
http://www.zuojiachubanshe.com
印　　刷：三河市北燕印装有限公司
成品尺寸：133×214
字　　数：265千
印　　张：10.875
版　　次：2024年12月第1版
印　　次：2024年12月第1次印刷
ISBN　978-7-5212-3169-4
定　　价：45.00元

第一批出版书目

王祯宝《曾几何时》
水　月《挥手之后还会再见吗》
邓晓炯《浮城》
未　艾《轻抚那人间的沧桑》
吕志鹏《在迷失国度下被遗忘了的自白录》
李成俊《待旦集》
李宇樑《狼狈行动》
李观鼎《三余集》
李鹏翥《澳门古今与艺文人物》
吴志良《悦读澳门》
林中英《头上彩虹》
赵　阳《没有错过的阳光》
姚　风《枯枝上的敌人》
贺绫声《如果爱情像诗般阅读》
袁绍珊《流民之歌》
黄坤尧《一方净土》
黄德鸿《澳门掌故》
梁淑淇《爱你爱我》
寂　然《有发生过》
鲁　茂《拾穗集》
穆凡中《相看是故人》
穆欣欣《寸心千里》

以上按作者姓氏笔画排序

第一批出版书目

第二批出版书目

太　皮《神迹》

尹红梅《木棉絮絮飞》

卢杰桦《拳王阿里》

冯倾城《未名心情》

朱寿桐《从俗如流》

吕志鹏《挣扎》

邢　悦《被确定的事》

李烈声《回首风尘》

沈慕文《且听风吟》

初歌今《不渡》

罗卫强《恍若烟花灿烂》

周　桐《除却天边月没人知》

姚　风《龙须糖万岁》

殷立民《殷言快语》

凌　谷《无边集》

凌　稜《世间情》

黄文辉《历史对话》

龚　刚《乘兴集》

陶　里《岭上造船笔记》

程　文《我城我书》

程祥徽《多味的人生之旅》

以上按作者姓氏笔画排序

第二批出版书目

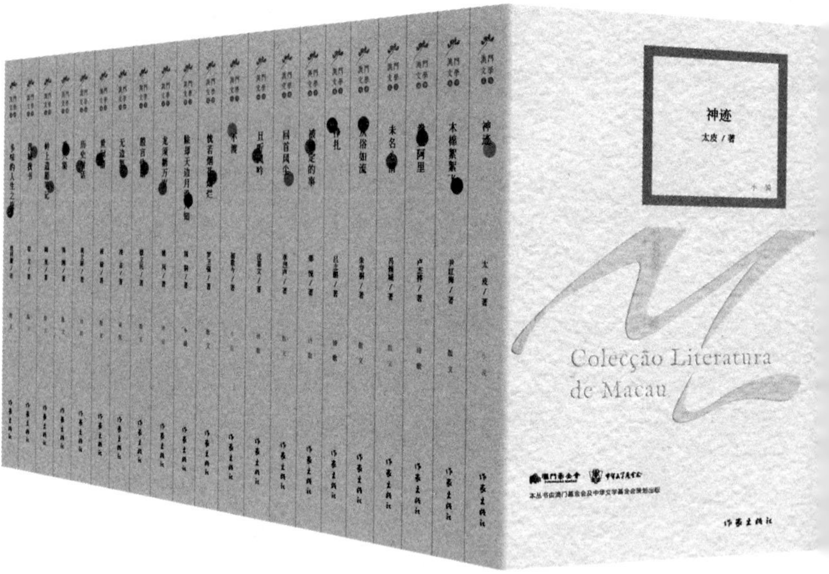
神迹
太皮 / 著
Colecção Literatura de Macau
本丛书由澳门基金会及中华文学基金会策划出版
作家出版社

第三批出版书目

太　皮《一向年光有限身》

李文娟《吾心吾乡》

何　贞《你将来爱的人不是我》

陈志峰《寻找远方的乐章》

吴淑钿《还看红棉》

陆奥雷《新世代生活志：第一个五年》

杨开荆《图书馆人孤独时》

李嘉曾《且行且悟》

卓　玛《我在海的这边等你》

贺越明《海角片羽》

凌　雁《凌腔凌调》

谭健锹《炉石塘的日与夜》

穆欣欣《当豆捞遇上豆汁儿》

以上按作者姓氏笔画排序

第三批出版书目

第四批出版书目

李观鼎《滴水集》

李烈声《白银》

陈雨润《禅出金瓶 悟觉大观》

陆奥雷《幸福来电》

杨颖虹《小城M大调》

凌　谷《从爱到虚无》

袁绍珊《拱廊与灵光：澳门的120个美好角落》

黄文辉《悲喜时节》

梯　亚《堂吉诃德的工资》

蒋忠和《燕堂夜话》

以上按作者姓氏笔画排序

第四批出版书目

澳門文學丛书